聖女魔力無所不能
9
The power of the saint is all around.
Author
橘由華
Illustration
珠梨やすゆき
Kadokawa Fantastic Novels

Contents

The power of the saint is all around. vol.9

Character

The power of the saint is all around.

聖

被召喚到異世界擔任聖女的OL小鳥遊聖。由於在治療傷患與淨化魔物方面大顯身手而開始受到各地人們崇拜，導致她最近相當煩惱。開發料理和美容用品是生活調劑。

裘德

藥用植物研究所的研究員，負責指導聖。相當懂得照顧人，親和力十足。常常偷吃聖做的料理。

艾爾柏特・霍克

第三騎士團的團長。據說是個不苟言笑的人，甚至被坊間稱為「冰霜騎士」，但在聖的面前卻是……？

約翰・瓦爾德克

藥用植物研究所的所長。很照顧聖，與艾爾柏特似乎是從小一起長大的好友。

尤利・德勒韋思

宮庭魔導師團的師團長。只要談到魔法和魔力的研究，眼神就會大變。目前對聖的魔力充滿興趣。

奧斯卡

負責管理販售聖的發明品的商會，真實身分卻是……

愛良

和聖一樣被召喚到異世界的高中生御園愛良。目前在魔導師團學習魔法。

伊莉莎白・艾斯里

聖在圖書室交到的朋友，是侯爵千金。非常敬仰聖。

埃爾哈德・霍克

宮廷魔導師團的副團長，艾爾柏特的兄長。雖然沉默寡言，但是位通曉人情世故的人。總是因為尤利而飽受折騰。

梅

和薩拉一樣在孤兒院長大，與薩拉兩人情同姊妹。臉上有嚴重的燒傷疤痕，因聖的美容乳霜而治療得不留痕跡。

薩拉

在孤兒院長大，現在以王家諜報員的身分活躍於職場。擔任研究所分室管理人的祕書。

青瀾

迦德拉貿易船的船長。聖送給他的自製藥水，成為天宥留學的契機。

天宥

迦德拉的第十八皇子。
曾到斯蘭塔尼亞留學，以尋找幫母親治病的線索。

連恩・斯蘭塔尼亞

斯蘭塔尼亞第二王子。擔任王立學園的學生會會長。

凱爾・斯蘭塔尼亞

斯蘭塔尼亞第一王子。有段時間遭到禁足，從王立學園畢業後，以使節團大使的身分前往迦德拉。

第一集故事大綱

Story line

二十幾歲的ＯＬ小鳥遊聖，在加班結束後回到家的瞬間，突然穿越到了異世界。

儘管她是以「聖女」身分被召喚過去的，但這個國家的王子只帶走和聖一起被召喚過來的可愛女高中生——御園愛良，把聖留在召喚室裡。

後來，雖然幾經波折，但由於不知道回去日本的方法，聖於是決定開始在藥用植物研究所裡工作。

聖早已察覺到自己就是「聖女」，卻仍選擇隱瞞身分，過著平凡人的生活。

然而，聖的能力太過厲害，在做藥水、下廚和製作美容用品等各方面都讓人們大為驚嘆。

她做出來的ＨＰ上級藥水救了第三騎士團團長——艾爾柏特的性命，並以此為開端，引發各式各樣的奇蹟。

於是，「聖．小鳥遊會不會才是聖女……？」的傳聞在王宮傳開了。

第二集故事大綱

Story line

儘管聖答應了宮廷魔導師團的傳喚，但暫時逃過一劫，沒將「聖女」的身分暴露出去。

她開始接受宮廷魔導師團師團長尤利・德勒韋思的斯巴達式指導，日子過得既忙碌又充實。

然後，不知是拜特訓所賜，抑或出於偶然，金色魔力再次引發奇蹟，眾人愈加懷疑她就是聖女。

但第一王子凱爾否定這樣的懷疑，固執地相信和聖一起被召喚過來的愛良才是「聖女」。

直到聖參與魔物討伐之後，周遭的人們才確定她便是「聖女」。

第三騎士團團長艾爾柏特遭逢危機之際，聖使用金色魔力，瞬間淨化湧現魔物的黑色沼澤。

結果，斷定聖是假聖女的第一王子凱爾被處以禁足的處分。

原本來到異世界之後，只有凱爾可以依靠的愛良，也趁此機會與聖還有學園的朋友建立交情，獲得了平穩的生活。

第三集故事大綱

Story line

由於聖發動了帶來奇蹟般效果的金色魔力，終於被認定是真正的聖女。但是，她依然不曉得什麼情況下才能發動「聖女的魔力」。

就在此時，她接到了前往藥草聖地遠征的委託。她不僅成為藥師的弟子，還獲得傭兵團長的賞識，也會下廚做類似藥膳的料理招待其他人。當她一邊享受遠征的生活，一邊努力製作藥水之際，竟發現與前任聖女有關的手札。以這本手札為線索，她終於知道該如何使用「聖女的魔力」，然而發動條件卻是「想著霍克團長」，讓她羞恥到無法告訴其他人……！

不過，在順利學會使用「聖女的魔力」之後，她也即將隨著騎士團及傭兵團一同前去調查森林。

第四集故事大綱

Story line

知道如何發動「聖女的魔力」後，聖前往珍貴藥草叢生的森林進行調查。

在以力量為傲的騎士團與傭兵團的護衛之下，她安心地在森林中前進，結果遇到了不怕物理攻擊的魔物「史萊姆」！

聖一行人在苦戰中想辦法突破包圍網後成功撤退，只是依然苦於不知如何應付性質相剋的敵人。就在這時，宮廷魔導師團的師團長尤利與愛良趕來助戰！

在強力的援軍登場後，聖等人順利淨化掉森林，克勞斯納領恢復了安寧。

聖和愛良在慶功宴親自下廚招待大家，與傭兵團之間的交情也更加深厚，一切都圓滿收場！

不過，聖心中還記掛著一件事。那就是森林在遭到史萊姆肆虐後，只剩下一片枯萎荒涼的慘狀。於是她利用「聖女的魔力」，成功讓森林奇蹟似的重生！

就這樣，聖一行人完成所有目的之後，儘管對於離開這裡感到依依不捨，還是不留一絲遺憾地返回了王都。

第五集故事大綱

Story line

從藥草聖地克勞斯納領回來後，聖收到了對方用來答謝的珍貴藥草與種子。她用這些謝禮來開發新款美容用品。聖的配方所製作出來的美容用品深受廣大女性族群喜愛，每推出新商品必造成搶購風潮。此外，在周遭人們的建議下，終於決定要成立聖自己的商會。聖與負責管理商會的奧斯卡等人前去視察開在王都的新店舖之際……竟然邂逅了來到這個世界後就未曾見過的「咖啡」！

聖對船來品產生興趣後，便開始尋找日本食材。去貿易興盛的港口城鎮或許會有新發現……聖滿心期待地出發，但還沒找到食材，倒是先撞見了一場風波。來自異國的船長為了治療受傷的船員而四處尋找魔導師，聖遇到他便好意提供了自己做的藥水……結果那個異國的食材正是她要找的！重遇再熟悉不過的味噌和米，聖簡直開心得不能自已。

第六集故事大綱

Story line

王宮來了位來自國外的留學生，前來留學的是「迦德拉」這個國家的皇子。聖得知消息，內心不禁冷汗直流。

因為她之前在港都幫助的船長，就是迦德拉的國民。

雖說是為了救人，聖猜想：把市面上沒有販售的個人特製效果增強五成上級藥水送給對方，是不是惹出了什麼麻煩……然而皇子只是想學習斯蘭塔尼亞王國的知識，他的目的並非「聖女」。

為了以防萬一，聖在皇子要造訪的日子都會避免踏進藥用植物研究所，但是他們還是不小心碰面了……！

透過與皇子的對話，聖發現他在尋找能治療母妃疾病的藥物。於是聖活用在日本學到的知識，成功做出能治療所有異常狀態的萬能藥。最後在隱瞞製作者的情況下，順利將萬能藥交到了皇子手中。

第七集故事大綱

Story line

「聖女」的亮相儀式結束後，聖開始收到茶會及晚宴的邀請函。

在那之中，聖參加了於朋友莉姿家舉辦的茶會，並聽說許多領地的特產，於是想到舉辦美食祭，介紹各領地的特產。在王宮及第二王子連恩的幫助下，美食祭圓滿落幕！不過，這次的活躍卻讓聖收到的邀請函變得更多了。

社交場合的邀約不斷增加，淨化瘴氣的旅程則逐步邁向終點。國內的瘴氣平息下來，聖接獲恐怕是最後的黑色沼澤出現區域的土地——位於邊境的霍克領的委託，與艾爾柏特和尤利一同前往霍克領，在那裡成功淨化兩個黑色沼澤。

第八集故事大綱

Story line

聖在霍克領淨化完黑色沼澤，大啖當地的特產風乾香腸和起司，還泡了溫泉，終於回到王都。她在新設立的研究所分室埋頭栽培施展過「聖女的法術」的藥草並製作藥品，生活逐漸恢復在研究中心工作時的步調。

聖盡情享受著日常生活，身邊的人卻重新提起她的婚事。

人們推測尤利是最有希望的人選，聖為貴族社會複雜的人際關係感到頭痛不已，同時想像起自己的婚約對象，於是艾爾柏特的身影率先浮現腦海。

艾爾柏特也判斷不能再拖下去，於是終於採取行動。他向聖求婚，最終兩人順利締結婚約。

聖女魔力無所不能

The power of the saint is all around.

第一幕　訂婚

明媚的陽光灑進室內，我今天也在調製藥水。
現在正在製作的是中級藥水。
可是，數量遠不如從前。
因為騎士團下訂的藥水變少了。
看來果然是因為魔物減少的關係。
黑色沼澤真的統統淨化完了呢。
我深刻體會到「聖女」的任務到此結束。
製作中級藥水是我習以為常的工作，可以邊想事情邊動手。
因此，我不小心想起前幾天發生的事。
結冰的樹叢在逐漸西沉的夕陽下熠熠生輝。
團長穿著不同於以往的華麗服裝。
然後……

「我喜歡妳。」
浮現腦海的聲音害我不自覺地停下手，臉頰慢慢發燙。
唔！不可以！這樣不行！
不可以去想！
現在是工作時間！
我搖頭驅散時至今日回想起來依然令我又羞又喜、想要拚命大叫的記憶。
不小心想起前陣子跟團長一同出遊時的事。
在沒有其他人的夢幻美景中，團長跟我告白了。
不只告白。
他還跟我求婚。
明明是親身經歷過的事，我到現在還無法相信。
儘管如此，那是現實。
實際上，那一天過後，我的生活變得比之前稍微忙碌一些。
雖然這裡是另一個世界，答應求婚後不得不處理的事情同樣多不勝數。
其中之一就是見對方的家長。
在原本的世界，要結婚的話雙方的家人通常會找機會見個面，在這個世界似乎也一樣。

不如說，這裡存在貴族制度，重視家族之間的契約，對這種規矩反而更講究。
兩位貴族要結婚的話非得見父母，意即我要找一天去見團長的家人。
之所以等到答應求婚的一段時間後才約見面，是因為他的家人都很忙。
不過這也沒辦法。
團長的父母是認真治理領地的邊境伯爵夫妻；大哥是軍務大臣，二哥是宮廷魔導師團的副師團長，兩位都在王宮擔任要職。
團長自己也是第三騎士團的團長，因此相關人士當中，我說不定最閒。
熟悉的聲音在腦內表示否定，大概是錯覺。
「明天終於要去團長家了啊……」
我一面工作，一面思考明天的行程。
地點位於王都的邊境伯爵家，時間訂在明天中午。
團長會負責安排場地，我需要準備的頂多只有帶給團長家人的伴手禮。
剩下的，我只想得到當天要穿的衣服。
可是，或許還有其他我必須準備的東西。
畢竟跟日本比起來，這裡不僅是不同國家，還是不同世界。
本來我連日本的習俗都記不清楚，這裡有我不知道的規矩也不奇怪。

思及此，我決定向可靠的幫手尋求協助。

那個人便是禮儀課的老師。

我平常就受到她諸多關照，比較好開口，而且人家又是專業人士。

只要有老師掛保證，想必不會出錯。

結果，我的想法錯了。

老師果然很專業，馬上為我做好必要的準備。

然後，她一句話就決定當天要在王宮梳妝打扮。

不出所料，既然要跟在這個國家的貴族中屬於高階貴族的邊境伯爵家見面，似乎非得穿禮服不可。

禮服一個人沒辦法穿，因此我得跟上禮儀課的時候一樣，到王宮請侍女幫忙。

雖然我不習慣穿禮服，凡事總要看場合。

所以這次我沒有抵抗，乖乖接受了。

是因為我難得這麼安分嗎？

還是因為聽說了我要去婚約對象家見父母？

王宮的侍女們從禮儀老師口中得知事情經過，顯得更有幹勁。

連平常不太會表現出情緒的瑪麗小姐都氣勢十足，建議我前一天就先住在王宮做準備。

她太有氣勢，我只得點頭同意。
「傍晚再去王宮就行了吧。」
今天是去團長家拜訪的前一天。
晚上就要開始準備了。
一想到明天要見父母就覺得緊張，同時也有點飄飄然。
明明跟上禮儀課前要做的準備差不多，心情卻有一百八十度的大轉變，真不可思議。
「時間剩下……不多了呢。」
看來最好轉換心態，專心工作。
我思考著能趁傍晚前的空檔做的工作，重新將注意力放在製作藥水上。

然後到了會面當天。
多虧侍女們一大早就幹勁十足，跟亮相典禮時一樣漂亮的我——不是漂亮的○虎喔——誕生了。
王宮為這天準備的禮服，是在檸檬黃的布料疊上好幾層白色雪紡的款式。
除此之外，雪紡上還用顏色相同的白線繡著小花，非常適合開始回暖的季節。
頭髮綁成公主頭，用白色康乃馨裝飾也值得讚賞。

早上就費了這麼大一番工夫做準備，導致我有點疲憊，不過透過鏡子看到完成後的模樣，感覺心情亢奮起來，疲勞也緩解許多。

打理完服裝儀容後，我搭乘王宮準備的馬車，前往邊境伯爵家在王都的宅邸。

我是一個人去的。

嚴格來說還有護衛和隨從，可是會跟團長家人見面的只有我而已。

本來監護人也要一起去，但我鄭重推辭了。

因為我的監護人是國王陛下。

其中一個理由是不好意思讓陛下在百忙之中還要抽空陪我。

另一個理由，則是我一想到要跟陛下一起見邊境伯爵家的人，就覺得不對勁。

不過，有這種感覺的對象不僅限於陛下。

就算換成其他人，我八成也會產生這種難以言喻的感受。

所以，我決定獨自前往。

抵達邊境伯爵家的宅邸時，霍克家的人們在玄關口齊聚一堂。

除了團長，邊境伯爵夫婦、團長的兄長以及傭人們也在。

下馬車前我還有點緊張。

可是，之後多虧大家溫暖地迎接我，我的緊張感馬上就煙消雲散。

之後的會談很順利。

我已經在霍克領見過邊境伯爵夫婦，也曾經在王宮派對上見過擔任軍務大臣的長男及其夫人。

至於擔任宮廷魔導師團副師團長的次男眼鏡菁英大人，我們則因為工作的關係見過好幾次面。

團長和眼鏡菁英大人與平常不同，穿著貴族風範十足的服裝，害我有點錯愕，可是他們對我的態度並沒有改變。

或許是因為大家都認識的關係，午餐時間也在祥和的氣氛中度過。

大家在餐會上聊的，是我跟團長一起去討伐時的經歷、在原本世界的生活，以及家庭關係等。

提到在日本的生活時，邊境伯爵夫婦和長男夫婦的笑容僵住了，應該是錯覺。

邊境伯爵夫人提到的三兄弟事蹟非常有趣。

軍務大臣面露苦笑，眼鏡菁英大人眉頭緊皺，團長一臉困擾，三人的反應不盡相同。

雖然對他們三個有點不好意思，我和軍務大臣夫人忍不住要求邊境伯爵夫人多分享一些，因為實在太好玩了。

不知不覺，連甜點都吃得一乾二淨。

「快樂的時間過得真快呢。」

「的確。不好意思，連我都在吵著要聽他們的往事。」

「沒關係呀，妳也是我可愛的女兒。不過，我還想繼續聊，要不要到客廳去？」

在我聽著邊境伯爵夫人和軍務大臣夫人聊天時，邊境伯爵夫人面向我歪過頭。

還想繼續聊？

見父母這個目的已經達成了，還有其他事嗎？

不管怎麼樣，既然邊境伯夫人這麼說，最好還是答應吧。

我點點頭，於是邊境伯爵夫人莞爾一笑，催促大家換地方。

「我想聊的是今後的計畫。」

「今後的計畫？」

我們移動到客廳，等侍女為大家送上茶和小點心後，邊境伯爵夫人才開啟話題。

我對於今後的計畫毫無頭緒，下意識重複了一遍。

對此邊境伯爵夫人沒有不耐煩，接著說：

「首先得辦理訂婚手續吧？」

「說得也是。之前我跟國王陛下報告的時候，他曾經提到一些。」

「嗯。艾爾柏特也說過陛下會擔任您的監護人。」

「是的。我聽說訂婚的手續預計由陛下和邊境伯爵大人辦理。」

「知道了。那麼細節我會去跟陛下討論。」

跟我對邊境伯爵夫妻說的一樣，陛下願意當我的監護人，幫忙辦理跟我的婚約有關的各種手續。

我雖然婉拒了陛下陪我來見父母，在辦理手續方面倒不認為有什麼問題，再加上陛下拜託我無論如何都要讓他負責，我便決定麻煩他了。

跟這個國家的貴族千金訂婚時一樣，嫁妝等必須由女方家屬準備的東西，統統由王宮幫忙處理。

老實說，光是幫我辦手續我就很感激了，所以我本來想推掉嫁妝的部分。

陛下卻不肯同意。

好像是因為我立下製作萬能藥、討伐魔物等太多功績，又不肯收下領地或爵位，導致我積了一堆報酬。

陛下想以訂婚為契機，多少發一點報酬出去，希望我務必收下，我自然無法推辭。

好吧，反正只是嫁妝，我會收到的大概是金錢，而非爵位或領地。

不是擔待不起的東西就沒問題。

「手續就交給你辦嘍。之後還得召開宴會呢。」

宴會是指訂婚宴吧？
提到監護人的時候，陛下也順便跟我說明過訂婚宴。
記得宰相說王宮會舉辦慶功宴，慶祝瘴氣的問題得到解決，到時再宣布我們訂婚即可。
向陛下報告時團長也在場，跟他確認一遍吧。
我如此心想，呼喚坐在旁邊的團長。
「霍克大人。」
這句話剛說出口，大家就同時望向我。
我不由得嚇得身體一顫。
我想了一下到底怎麼了，立刻想到原因。
理由很簡單，因為在場這幾位都是「霍克大人」。
怎麼辦？
我想找的是團長……
在我煩惱該如何化解這個困境時，長男軍務大臣立刻向我伸出援手。
「小鳥遊小姐。」
「請、請說！」
「我們以後都是一家人，不介意的話，叫我約瑟夫就好。」

約瑟夫。
約瑟夫先生。
我對看起來心情有點好的軍務大臣——更正，約瑟夫先生點了點頭，坐在他旁邊的人接著開口說：
「哎呀！那麼，請直呼我艾爾芙蕾特！」
「好的！可以請您也叫我聖就好嗎？」
「可以嗎？」
「那當然！」
坐在約瑟夫先生旁邊的，是他的妻子艾爾芙蕾特小姐。
艾爾芙蕾特小姐兩眼發光，希望我叫她名字，我也笑著提出同樣的要求，她臉上便漾起如花朵綻放般的可愛笑容。
接在他們後面開口的，是這兩位：
「哎呀哎呀，大家感情真好呢！我要不要也請她叫我媽媽呢？」
「那我就是爸爸了。」
邊境伯爵夫人語氣十分輕快，邊境伯爵大人接著加入戰局。
爸爸和媽媽……

嗯，考慮到我之後會跟團長結婚，這個要求很正常。

只是有點害羞就是了。

兩人笑咪咪地看著我，我點頭答應，這時傳來冷靜的聲音。

「真狡猾。」

我望向聲音來源，與一臉正經的約瑟夫先生四目相交。

「您要這樣稱呼我爸媽的話，應該叫我哥哥吧？」

「這樣不會跟我搞混嗎？」

「說得也是。叫約瑟夫哥哥似乎比較好。」

「嗯。那我就是埃爾哥哥了。」

等一下。

這不是軍務大臣和宮廷魔導師團的副師團長該認真討論的問題吧？

什麼情況！

我看著兩人交談，臉上露出僵硬的笑容，於是約瑟夫先生望向我，然後揚起嘴角。

咦？難道他們在逗我？

人不可貌相，約瑟夫先生其實很調皮？

出乎意料的情況令我心神不寧，這時約瑟夫先生往旁邊看了過去。

視線方向是團長。

他們相處了那麼久，用不著說話，團長也知道哥哥在期待他怎麼做吧。

團長的眉頭皺得更緊了。

是因為知道歸知道，要付諸行動還是有難度嗎？

不曉得過了多久。

經過感覺相當漫長、實際上只有幾秒的沉默後，團長清了下嗓子，下定決心開口說：

「希望妳叫我艾爾就好。」

「艾爾……」

我跟著重複，不知為何超級害羞。

明明只是叫名字。

我感覺到臉頰慢慢變燙，團長的嘴角則跟臉頰的溫度成正比般慢慢上揚。

三秒後，我發現其他人帶著溫暖的眼神守望我們，在內心放聲哀號。

◆

跟霍克家的成員打過照面後，過了一陣子，我被叫到王宮的頻率增加了。

儘管國王陛下和宰相會代替我跟霍克家討論細節，還是有事務非得由我本人處理。主要是簽署跟訂婚有關的契約書。

既然要簽名，契約書的內容也得仔細閱讀才行，所以相當費時。

契約書的張數比想像中還多。

因為必須跟霍克家簽訂契約，明定商會和商會販售的化妝品權利歸屬問題。

不能因為權利本來就歸我所有，就不必特別簽約。

沒辦法，畢竟牽扯到這個國家的法律問題。

我姑且都看過一遍了。

可是看到一半，有段時間我極度疲憊，當時看的契約書都只有粗略掃過去而已——這是我的小祕密。

這可是平日對我關照有加的陛下和宰相準備的契約書。

我想相信那兩個人，因此契約書理應不會有奇怪的內容。

就這樣，我在做藥用植物研究所工作的空檔，處理跟訂婚有關的事務，某天收到王宮寄來的晚宴邀請函。

是陛下提過的晚宴，用來慶祝瘴氣大量孳生的問題得到解決。

又名「聖女」的訂婚宴會。

身為解決瘴氣問題的關鍵人物，又要宣布婚約的我，當然無權缺席。

按照慣例，我這個「聖女」跟陛下會同時進入晚宴會場。

我跟在陛下後面走進門後過了一會兒，會場便傳來一陣交頭接耳聲。

儘管音量不大，在這種場合都聽得見聲音了，代表有不少人受到震撼。

我明白他們震驚的理由，差點忍不住苦笑，腦中卻浮現禮儀老師生氣時的表情，只好努力維持鎮定。

「魔物氾濫的問題發生後，已經過了好幾年，不過各位最近應該切身感受到了，魔物的數量有所減少。」

陛下站在比會場高一階的地方開始演講，受驚的人們紛紛閉上嘴巴。

「雖然魔物氾濫成災的原因長年無法查明，這幾年我們得知，那是由瘴氣構成的黑色沼澤所引起。」

對對對。

最初的黑色沼澤，記得是去王都西邊的葛修森林討伐魔物時碰巧發現。

當時不斷有魔物從沼澤湧現。

印象中好像是師團長分析出那塊沼澤是由瘴氣構成的？

「既然知道原因，採取對策就行了。縱然說來容易，實際找到解決辦法卻要花一段時間，這種事很常見。而黑色沼澤亦然。剛開始，我們並不知道要如何處理新發現的東西。」

如陛下所說，有時候就算知道原因，也沒辦法馬上想到解決方案。

黑色沼澤的淨化方式也一樣。

若是同為瘴氣凝聚物的魔物，跟之前一樣直接打倒即可。

儘管如此，同樣的手段卻對沼澤不管用。

要如何消除它，需要分析及測試。

「而一舉解決這些問題的，就是『聖女』小姐。如同古老的傳說所示，她以迅雷不及掩耳的速度，用『聖女的法術』消除了黑色沼澤和魔物。」

陛下，您會不會太誇張了？

聽起來就像我憑一己之力打倒了魔物。

淨化黑色沼澤後，附近的魔物也會消失，這是事實沒錯。

不過，跟我一起參加討伐行動的騎士和宮廷魔導師也打倒了魔物。

我明白在這種表揚大會上不方便提到其他人，可是我有種搶走別人功勞的感覺，非常不自在。

在我努力控制臉頰不要抽搐、表情不要崩壞時，陛下依然繼續在演講。

「以葛修森林為開場，『聖女』小姐去過各種地方。今天在場的人當中，應該也有人受過她的照顧。」

我環視會場，到處都有人在點頭。

他們都是我認識的人。

是我遠征各地時認識的諸位領主。

剛見面的時候，他們表面笑咪咪的，眼神卻很銳利；或是藏著無助的情緒，經常給人一種繃緊神經的感覺。

現在則不同。

大家都心平氣和，帶著純粹的笑容。

想必在那之後，他們都過著和平的生活。

我的安心只持續了一瞬間。

之後的演講內容我想省略掉。

陛下從我最先去的克勞斯納領開始，分享我在各地的事蹟。為什麼要提到跟魔物無關的部分！

那些內容大部分都跟食物有關……

好想挖個洞鑽進去……

羞恥事蹟被拿來講過一遍後，陛下終於開始為演講收尾。

他先告訴大家，最後的黑色沼澤於不久前淨化完畢，全國的魔物數量已經確認恢復正常狀況。

然後……

「我宣布，魔物氾濫的問題到此告一段落。」

語畢，會場一齊響起如雷的掌聲。

目所能及之處，大家臉上都洋溢著喜悅之情。

雖然走了很長一段路才抵達終點，若能出一份力為大家帶來笑容，之前的辛勞也算有了回報。

我看著會場的人群，心裡流過一股暖流，等到掌聲停歇，陛下再度開口說：

「今天還有另一個好消息要宣布。」

對我而言，重頭戲現在才開始。

陛下這句話讓充滿歡呼聲的會場瞬間安靜下來，一部分的人望向我。

視線造成的壓力及緊張的氣氛，害我有點喘不過氣。

「前幾天，『聖女』小姐訂下婚約了。對象是第三騎士團團長艾爾柏特・霍克。」

此話一出，會場再度掀起一陣騷動。

比進場時更大聲。

站在我斜後方的團長看起來卻毫不介意。
他靜靜上前一步，站到我旁邊向會場鞠躬。
一般情況下，團長不會跟陛下一樣站到臺上。
走進會場時之所以有騷動聲，八成是因為大家看到團長從我後面出現。
可是，今天是特例。
因為如陛下所說，他是……我的訂……婚對象……
然後，進場時引起驚呼的原因還有一個。
那就是我的穿著。
現在我身上的服飾，全是配合晚宴搭配的。
只不過，是以內行人才看得出的方式呈現。
禮服跟往常一樣，是王宮為我準備的。
根據斯蘭塔尼亞王國的習俗，女性有了訂婚對象後，在社交場合上穿的禮服和飾品，要由男方提供。
可是，由於這次沒時間從頭製作一套禮服，我便穿著王宮事先準備好的禮服。
不能親自準備禮服，團長和媽媽非常惋惜，但這也是無可奈何。
作為替代，我配戴了霍克家代代相傳且歷史悠久的飾品。

我非常非——常害怕不小心弄丟，卻違抗不了媽媽的請求。
媽媽借我的飾品，是以灰藍色透明寶石為主石的成套耳環、項鍊以及手環。
主石旁邊還用大量的無色透明寶石裝飾，那果然是鑽石吧？
無論如何，肯定是只能在博物館看到的高級貨。
另一方面，王宮提供的禮服與見家長時穿的那件一樣，輕薄的雪紡層層疊疊。
蕾絲和刺繡裝飾比見家長時穿的禮服還多，而且格外華麗，很適合穿來參加晚宴。
除此之外，顏色也是以灰藍色為基調。
沒錯，禮服和飾品的顏色都跟霍克家的特徵——團長的瞳色相同。
不僅如此，在斯蘭塔尼亞王國，有婚約的人參加社交活動時，通常會穿跟對方的頭髮或眼睛同色的衣服和飾品。
都講這麼明白了，我一踏進會場大家就驚呼出聲的原因很明顯了吧？
我今天的穿著，全身上下都在表明我是團長的未婚妻。
明顯到團長來王宮的房間接我入場時，直接瞪大眼睛僵在原地。
而且在那之後，他還露出心神蕩漾的笑容……
禮服和飾品都很美，我感到十分惶恐，但這不代表我不高興。
能得到團長的稱讚，我也很開心。

可是，若問我會不會難為情……

唔……！

「還有……」

我想起入場前的小插曲，在內心呻吟，發現陛下還有話要說。

咦？

今天應該是要宣布魔物氾濫的問題得到解決，以及我要訂婚的消息才對。

我沒聽說還有其他事要宣布。

有什麼非得急著告訴大家的事嗎？

我納悶地望向陛下，為接下來那句話目瞪口呆。

「第二王子連恩也要訂婚了。對象是艾斯里家的伊莉莎白。」

陛下剛講完這句話，會場就爆發出今天最響亮的喧嘩聲。

不只我，這對許多人來說似乎都是意想不到的消息。

不對，更重要的是，連恩殿下的對象是艾斯里家的伊莉莎白？

伊莉莎白．艾斯里？

咦？

該不會是莉姿吧——！

我逐漸理解連恩殿下的婚約對象是自己的好友，連忙看向會場尋找莉姿的身影。於是我很快就找到他們了。

易如反掌。

他們不知何時移動到舞臺的正下方，並肩站在一起。

大概是聽見陛下的介紹，兩人對會場的賓客行了一禮，接著掌聲憑空傳來。

起初只有寥寥數人，然後慢慢在會場擴散。

緊接著，受到眾人祝福的兩人互相凝視，展露出幸福的微笑。

至於我，由於事發突然，只能茫然地看著他們。

◆

王宮一角的庭園涼亭，成為堪稱「要跟知心好友開茶會就要在這裡」的熱門場所，今天也在舉辦少女之間的聚會。

「我真的好驚訝，完全沒聽說耶。」

「對不起。因為這件事是私下進行的。」

「這樣呀。那麼愛良妹妹也不知道嘍？」

「不，我曾經聽見前輩他們在討論，因此猜到了一些。」

茶會剛開始，連恩殿下和莉姿的婚約就被拿來當話題。

儘管在慶功宴上宣布兩人的婚約，對我來說很突然，愛良妹妹似乎早就知道了。

她說的前輩是指宮廷魔導師們吧。

既然在宮廷魔導師團傳開了，在貴族的圈子或許已是眾人皆知的事情。

因為那裡有很多貴族。

藥用植物研究所當然也有貴族。

可是研究所（我們這邊）會聊的全是藥草或藥水，不太會聊到社交界相關的話題。

希望不是只有我不諳世事。

「難道你們滿久之前就在計劃了？」

「嗯，最近才準備就緒。王宮正好要舉辦慶功宴，我們想說乾脆趁那個時候宣布。」

「跟我一樣嘛。」

「哎呀，聖也是嗎？」

「嗯，大致相同。」

仔細一想，連恩殿下和莉姿的婚事，說不定從她跟第一王子凱爾殿下解除婚約的時候起就在安排了。

我委婉地確認，莉姿點頭表示肯定。

所謂的準備就緒，意思是跟相關人士都談好了吧。

然後，到了可以對外公開的階段時，王宮剛好打算舉辦慶功宴。

這個流程和我一模一樣。

可是，莉姿和凱爾殿下為何要解除婚約呢？

我忽然感到疑惑，卻沒有提問。

因為我隱約猜得到理由，而且如果我猜對了，我覺得問了她也不會告訴我。

打個比方，假如解除婚約的理由是凱爾殿下失去了王位繼承權，而他失去繼承權的原因是對「聖女」不敬呢？

八成不可能對我這個當事人說。

因為我會內疚。

莉姿就是這麼貼心的女孩。

「妳不介意在慶功宴上順便宣布嗎？聽說通常都會舉辦正式的訂婚宴會。」

既然滿久以前就在計劃，理應可以選在其他時間宣布。

原本的世界沒有訂婚宴這種東西，所以我並不執著，不過莉姿應該想要舉辦宴會吧？

我想著要聊點其他話題，提出忽然浮現在腦海的疑問，莉姿微笑著搖頭。

「沒關係。王族的婚約通常都是在王家每年主辦的晚宴上宣布。」

「原來如此。」

「與其辦好幾場晚宴，一起解決省錢又省事嘛。」

「唉喲，莉姿妳真是的。」

莉姿接著說出口的，是能夠節省開銷這種異常現實的原因。

她講得像在開玩笑一樣，可是那不是主要原因吧？

但願不是。

「聖，我才要問妳不介意嗎？妳的話，就算各別設宴也沒問題吧？」

「我反而覺得這樣正好呢。畢竟我的監護人由王家負責擔任，而且要參加好幾次晚宴也很麻煩。」

這次換成莉姿回問我介不介意，但我當然沒關係。

在場只有知心好友，所以我誠實地回答，銀鈴般的笑聲傳入耳中。

「婚約也宣布了，之後要準備婚禮嗎？」

「或許吧？」

大家笑了一會兒後，愛良妹妹興奮地詢問。

既然訂婚宴辦完了，接下來照理說要準備婚禮，不過搞不好還有其他事要做，只是身邊的人沒告訴我。

我邊回答疑問邊望向莉姿，或許是我的想法傳達到了，莉姿解開了我的疑惑。

「對呀。我預計明年春天舉辦婚禮，已經在著手籌備了。」

「未免太早了吧！」

雖然不知道是明年春天的什麼時候，最快也有將近一年。

莉姿卻說她已經在做準備，害我反射性地吐槽，莉姿則回以傻眼的表情。

「妳在說什麼呀？安排會場、配合賓客調整時間和製作服裝，統統很花時間喔？」

「這些全要自己處理對吧……」

我從來沒籌備過婚禮，不懂有多累人。

但我大概可以理解會很辛苦。

雖然用一句「安排會場」就能解釋，要做決定的事情應該堆積如山才對。

在原本的世界，王族的婚禮會從國內外招待許多賓客，這個世界應該也差不多吧。

要配合那麼多人的行程，可以想像比在日本的職場負責籌辦多個部門的餐會時更困難。

製作服裝……說實話，我沒什麼概念。

畢竟包含設計款式在內絕大多數的問題，我總是交給瑪麗小姐她們處理。

我要做的頂多只有被叫去量尺寸和試穿。

不過，我不認為一兩天就做得出量身訂製的禮服，想必得花上不少時間。
而且，這次要做的還是婚紗。
在這個世界，婚紗同樣是女性嚮往的禮服，應該不能像之前那樣統統交給其他人。
肯定會不停跟我確認哪種款式比較好吧？
雖說如此，我不覺得我回答得出來。
在日本的時候，我跟戀愛完全無緣，也從未想過自己會結婚，因此對婚紗和婚禮都沒有特別的想法。
麻煩歸麻煩，為了避免之後被問到，最好趁現在硬擠出幾個要求。
想到之後要忙的事，我感到有點無力，莉絲咯咯笑了笑。
「不需要每件事都自己一個人決定。我也有請其他人幫忙。」
「是這樣嗎？」
「是啊。禮服款式、會場布置這些事，我都徵詢大家的意見；來賓的話跟家裡有關係的人也要邀請，所以需要跟家人商量。」
「原來如此。」
得知連完美千金小姐莉姿都會找人幫忙，壓力稍微減輕了些。
這樣呀。

跟婚紗一樣，會場和賓客的問題也可以找人商量。

而且莉姿說的「跟家裡有關係的人」讓我意識到，婚禮不只是我一個人的事。

也跟團長有關。

這樣的話，最好跟霍克家的成員也討論一下。

之後，我在跟莉姿打聽婚禮相關資訊的同時，於腦中安排今後的行程。

緊接著愉快的聚會結束後，隔天我馬上準備找團長商量，卻發生意想不到的事態。

第二幕　來自外國的消息

度過愉快假日的隔天，我充滿工作的幹勁。

我一邊思考今天要從什麼工作做起一邊走向研究室，在路上被所長叫住。

有什麼事嗎？

是要我送文件到騎士團或宮廷魔導師團嗎？

我這麼思索，走向態度與平時一樣且對我招手的所長。

「怎麼了嗎？」

「有人找妳。」

「有人找我？」

等我走到旁邊，所長便邁步而出。

我邊走邊詢問他的來意，得到簡單明瞭的答案。

看來王宮有事找我過去，馬車好像停在研究所門口等我。

事實上門口不只有馬車，還有負責傳喚我的王宮文官在等待。

竟然在前來通知的同時就要把我接走，看來他們很著急。
發生什麼緊急事件了嗎？
來研究所找我的文官也面色凝重。
儘管如此，我原以為文官會知道原因，結果他只是接到來帶我去王宮的命令，並不清楚詳情。
總而言之，我來到傳喚我過去的國王陛下面前。
「抱歉，突然把妳叫過來。」
「不會。」
「坐吧。」
我和所長聽從陛下的指示，跟平常一樣並肩坐到辦公室的沙發上。
宰相難得也坐在那裡，可以想見會講很久。
而且好像是機密事件。
隨從幫我們四個送上紅茶後，就被陛下支開了。
平常照理說會留在辦公室的騎士護衛們也一樣。
我望向所長，所長似乎也察覺到不同於以往的氣氛，神情相當緊張。
「我收到來自迦德拉的緊急書信。」

等辦公室只剩下我們幾個，陛下才開口。

來自迦德拉的緊急書信？

我第一個想到的，是天宥殿下的母親。

可是，萬能藥不是治好她了嗎？

我想不到其他可能性，於是沉默不語，陛下接著說明：

「據說現在迦德拉使節團中，有人罹患疾病。」

說到迦德拉使節團，是那個以天宥殿下前來留學交流為契機派去迦德拉，好將迦德拉的文化帶回斯蘭塔尼亞王國的團體嗎？

記得第一王子凱爾殿下也同行前往了。

「疾病……是傳染病嗎？」

「還不知道。寫這封信的時候，患者只有一個人。」

聽到有人生病，所長皺起眉頭，確認是否為會傳染的疾病。

目前似乎只有一人染病，無法判斷會不會傳染給其他人。

「一個人啊？這樣還被視為緊急情況……是會引發特殊症狀的疾病嗎？」

「症狀是高燒、頭痛及反胃。症狀出現的數日後，會一直昏迷不醒。」

「所以才緊急聯絡王宮？」

「對。從患者的人數及症狀來看，確實稱不上急事。不過患者是身分高貴的人，他們想請我派有能力治療的人過去。」

聽到這邊，所長眉間的皺紋更深了。

陛下說得沒錯，症狀類似感冒，患者又只有一人的話，聽起來沒有嚴重到需要從外國緊急寫信回來的程度。

跟原本的世界比起來，這裡的聯絡方式有限，一來一往很花時間。

令人擔憂的是患者會昏迷不醒、今後是否會有更多人染病，以及患者是身分高貴的人。

身分高貴的人啊……

不會是凱爾殿下吧？

如果是他，應該會直接講明白。

意思是爵位高於侯爵的人嗎？

既然是要派到大海另一端的使節團，各家的長子應該不會參加，而是其他優秀的子女。

優秀又身分高貴的人病倒，所以才緊急寫信回來嗎？

「既然要找能夠治療疾病的人，您打算派遣會使用聖屬性魔法的人過去嗎？」

「我是這麼打算。」

所長的語氣有點嚴肅，陛下嘆著氣點頭。

在這個世界，生病時普遍會等到自然痊癒，或者服用藥草煎的藥。

第二普遍的是喝異常狀態解除藥水。

用原本的世界來譬喻，就是吃醫院開的藥。

只不過，能治療疾病的異常狀態解除藥水都是上級藥水。

作為材料的藥草價格高，會製作的人也很少，所以十分昂貴。

再加上異常狀態解除藥水的配方會視症狀有所更動，使用不太方便。

因此，像這次這樣需要治療身在遠方的患者時，比起送藥水，更常派遣會使用聖屬性魔法的魔導師過去。

即使魔導師的治療費用比藥水還高。

另外，聖屬性魔法也不是輕輕鬆鬆就能治好所有疾病。

雖然比藥水方便，能夠治療的症狀要視施法者的聖屬性魔法等級而定。

由此可見，這次陛下想派去迦德拉的魔導師，應該是聖屬性魔法等級偏高的人。

順帶一提，這個國家聖屬性魔法等級最高的，肯定就是我。

畢竟我的等級是∞（無限大）。

明明這個世界屬性魔法的等級，最高只到十級。

儘管沒人知道我的等級這麼不正常，我至今以來做過的好事，早就讓大家猜到我的聖屬性魔法等級八成很高了。
所以，這次要被派去迦德拉的魔導師，極有可能是我。
陛下像這樣特地把我叫來，所長應該也料到了。
他難得用這麼嚴肅的語氣質問陛下，原因就在於此。
可是，我似乎猜錯了。
「但這次我也有考慮送藥水過去。」
「異常狀態解除藥水嗎？」
「不，是妳之前做的萬能藥。」
聽聞陛下提到萬能藥，我和所長都睜大眼睛。
有萬能藥的話，確實能不論症狀，治療所有的異常狀態。
師團長用鑑定魔法確認過功效，聽說天宥殿下的母親也靠萬能藥治好了。
然後，宰相接在陛下後面為我們說明。
收到求救信後，王宮本來想派宮廷魔導師前往迦德拉，可是沒人知道治不治得好。
考慮到治不好病的可能性，陛下決定把萬能藥也一起送過去。
關於萬能藥的使用方式，我已經全權交給陛下和宰相，一本正經的兩人卻來特地徵求我這個製作者的同意。

「妳不介意吧？」
「那當然。請儘管使用。」
之前不是說萬能藥的存在要嚴格保密嗎？
算了，既然陛下跟宰相認為沒問題，我也沒意見。
那本來就是做來治病的藥。
希望他們不要客氣。
我懷著這樣的心情點頭，陛下和宰相露出溫和的微笑。
所長也鬆了口氣，或許是因為知道不是要派我過去。
於是，陛下之後就沒再說什麼，向兩人道別後，我便跟所長一同離開陛下的辦公室。

◆

被國王陛下傳喚的隔天。
我在王宮上魔法課時，師團長像在閒聊般輕描淡寫地說：
「對了、對了，下次開始要停課一段時間。」
「您要去遠征嗎？」

師團長對於跟魔法有關的事毫無抵抗力，上魔法課儼然是種獎勵。
尤其是實際操作的時間，可以觀察「聖女」使用魔法的情況，所以只有在有要事——例如外出討伐魔物的時候才會停課。
意思是，他接到了討伐魔物的委託嘍？
而且要停課「一段時間」，代表地點不在附近。
可是前陣子，陛下才宣布魔物數量異常的問題已經得到解決……
我內心懷著疑惑詢問理由，結果得到出乎意料的答案。
「是的。我要去迦德拉一趟。」
「咦？迦德拉？」
他提到我昨天才剛聽過的地名，我忍不住大聲驚呼。
陛下說要派宮廷魔導師去，原來是師團長嗎！
「難道是要去用聖屬性魔法幫人治病？」
「哦？聖小姐也接到委託了嗎？」
「沒有，我負責的是藥水的部分……」
「噢，原來如此。」
陛下找我談的是機密事件，因此即使對象是師團長，我也不知道方便透漏到什麼程度。

儘管如此，既然師團長都說出地名了，提到要派魔導師過去的事應該沒關係吧？

我如此心想，向師團長確認，他卻反過來詢問我。

我沒有說出萬能藥，只告訴他是藥水的委託唬弄過去。師團長點頭表示理解，大概已經聽人說明過詳細情況了。

於是據他所說，師團長果然是作為會用聖屬性魔法的魔導師前往迦德拉。

在宮廷魔導師團中，師團長的聖屬性魔法等級最高，所以他才會被選上。

之前就聽說過師團長會使用所有屬性的魔法，今天得知的新情報，是那些屬性魔法的等級統統都是十級。

十級是目前在這個世界，屬性魔法的最高等級吧？

咦？全部滿等？

腦中瞬間浮現「好恐怖」和「廢人」兩個詞。

順帶一提，我說的廢人是指沉迷遊戲到會影響日常生活的人。

雖然這不是遊戲，師團長確實沉迷在討伐魔物之中，說他是廢人也沒錯。

話說回來，我非常驚訝陛下竟然會派出師團長。

因為師團長是最強戰力之一，我以為他不會隨便離開國內。

魔物不再大量出沒，所以他可以出國了嗎？

也是啦，迦德拉那麼遠，不方便一直送人過去，一開始就派出等級最高的人才合理。

「迦德拉好像有這個國家沒有的魔法，我非常期待。」

「是這樣嗎？」

他應該要去那裡治療病患才對，師團長的注意力卻放在其他東西上。

他笑容滿面地聊起未知的魔法。

真是本性難移……

這樣好嗎？

算了，感覺叮嚀師團長也沒用。

我就別插嘴吧。

我如此心想，用溫暖的目光看著師團長一面回話，師團長興奮地接著說：

「沒錯！那邊似乎有人稱『符咒』的附魔物品。」

「符咒……」

「是一種用特殊墨水繪製圖案的紙，不同的圖案會發動不同的魔法。」

迦德拉的符咒，令我想起以前在電影中看過的中國符咒。

雖然我不記得細節，大概是那種感覺吧？

在我想像符咒是什麼樣子時，師團長兩眼發光，繼續談論符咒的話題。

接著，他突然雙手一拍，似乎想到了什麼。
「而且，迦德拉也有米飯料理！」
「我記得迦德拉的某個地區種植米。」
「看來除了妳做的那些，還有各種米飯料理，我想趁這個機會吃吃看！」
擁有烹飪技能的人做的料理，可以達到增加ＨＰ恢復量和提升物理攻擊力等效果。
效果視料理種類而定，米飯料理剛好是跟魔法有關的效果。
因此師團長特別喜歡。
而用來製作米飯料理的稻米，斯蘭塔尼亞王國並沒有栽種。
稻米種在迦德拉的某個地區，在這個世界，米飯料理也是迦德拉的料理。
迦德拉有許多類似中國菜的料理。
當然也會有我沒聽過的米飯料理。
然後，師團長對於品嘗那些未知的米飯料理一事幹勁十足。
這樣是沒關係啦，不過師團長是不是忘記前往迦德拉原本的目的了？
這次是為了幫人治病才去迦德拉。
不會有問題嗎？
他應該不會忘記治病，全程都在走到哪兒吃到哪兒吧？

我感到一絲不安，告訴他：「別忘了還要認真治療病患喔。」得到可靠的回應。

「那還用說。」

嗯，就當作不會有問題吧……

隔天。

我攪拌著扔進大鍋裡的藥水材料，不經意地想到迦德拉。

關於那位病倒的人，之後只能交給師團長，所以我沒有多想。

以師團長的等級來看，主要症狀似乎可以用聖屬性魔法治療，大概不會有問題。

雖然我跟師團長的聊天內容圍繞在米飯上，除了稻米，迦德拉還有其他斯蘭塔尼亞王國沒有的食材。

有用在中國菜上的蔬菜和香料，也有味噌與醬油等調味料。

聽天宥殿下說，茶好像也有許多種類。

有類似綠茶的未發酵茶、類似烏龍茶的半發酵茶，以及茉莉花茶那種有花香的茶種。

我現在主要喝的是花草茶，可以的話也想喝喝看綠茶。

當然還有烏龍茶和茉莉花茶。

話雖如此，舶來品非常昂貴，無法輕易買到。

所以能在斯蘭塔尼亞王國栽種最好。

可惜我不知道種法。
如果能去當地調查稻米的栽培方式或味噌的作法就好了。
這麼說來，之前好像說過那邊有類似的藥草。
天宥殿下送了許多迦德拉特有的藥草種子和芽苗過來，答謝我們讓他進入研究所視察。
那些藥草可以種在研究所或分室的田裡，不過有些種類種不活，可能是環境不適合。
我跟其他研究員一起調查過藥草種不活的原因，卻沒什麼收穫。
因為從來沒看過它們實際成長茁壯的模樣，有太多事情需要調查。
為了解決這個問題，我想看看成熟後的藥草，可以的話還想跟負責種植的人打聽情報。
儘管欲望源源不絕，可惜應該很難實現。
畢竟這個世界雖然有魔法，交通方式依然比原本的世界少，想去其他國家並不容易。
何況我是「聖女」。
以我的身分來說，不太可能隨便放我去國外。
而且還有一堆事要做。
首先就是準備婚禮了吧。
這件事必須跟願意擔任監護人的國王陛下和霍克家的成員們商量，不管從工作量來看還是從複雜度來看，都占了很大的比例。

總而言之，得先找機會跟團長討論。之後要去和他約時間才行。

「好，完成了。」

在我思考的時候，藥水做好了。

習慣真是不可思議。

假如是中級以下的藥水，就算在想事情我也能順利做出來。

剩下只要等藥水冷卻再裝瓶即可。

我將大鍋從爐子上拿下來吁出一口氣，因為過意不去而藏在心底的願望脫口而出。

「好想去看看喔……」

研究室只有我一個人。

我以為不會有其他人聽見，才講出這個願望。

可是，事實並非如此。

「去哪裡？」

從背後傳來的聲音，使我明顯抖了一下。

我連忙回過頭，團長就站在我後面。

他、他是什麼時候來的！

◆

「那、那～個……」

偏偏被最不想被他知道的人聽見了。

該怎麼回答？

貴族千金就算遇到突發狀況，也必須戴上微笑的面具掩飾情緒，可是對我而言實在太困難了。

如果是在社交場合上，雖然會有點僵硬，我還有辦法扯出微笑。

不巧的是，這裡是研究所。

事情發生在自己的地盤兼鬆懈的時候，無法掩飾。

驚訝和焦慮令思緒一團混亂，眼神左右飄忽不定。

對、對了！

「霍、霍克大人怎麼會來這裡？」

情急之下想到的，是用問題回答問題這個亂來的行為。

縱使這麼做實在不太禮貌，團長卻沒有不高興，回答了我的疑問。

「我來找約翰，還有來見妳。」
團長溫柔的微笑威力十足。
他的笑容直接射中我的心。
團長沒有放過我被震懾住的這瞬間。
「所以，妳想去哪裡？」
「唔！這個嘛……」
最後我說出的，是模稜兩可的答案。
「算是……外國吧？」
「外國？」
「呃……我以前就想出國一次看看……」
為何是問句？
我在內心吐槽。
即使如此，我還是勉強擠出下一句話，或許是因為這是我還在日本生活時就有的夢想。
出國旅行，欣賞各種美景，品嘗當地的料理。
可惜我的工作假日上班是常態，從來沒出過國。
「妳想去迦德拉嗎？」

「你、你怎麼知道！」
團長想了一下，說出我不久前還在想的國家。
我驚呼出聲，團長露出苦笑，壓低音量告訴我：
「我也知道最近要派第二批人去迦德拉，由此推測出來的。」
團長是軍中的高層人員。
雖然不知道他是聽誰說的，知道師團長他們要去迦德拉並不奇怪。
從那句話判斷，他看起來也知道王宮會送萬能藥過去。
以及我之前被國王陛下傳喚一事。
「對不起。我知道大家去迦德拉要工作，不是去玩，但聽著聽著就有點想去。」
「無須道歉。妳沒什麼出國的機會，會想出國很正常。」
我不太擅長說謊。
對有好感的人說謊比起其他人罪惡感又更強烈，我實在做不到。
所以我立刻放棄，乖乖據實以報。
我本來就心中有愧，苦笑著向他道歉，團長非但沒有責備我，還肯定了我的心情。
愧疚感雖然沒有消失，團長的溫柔之舉卻讓心裡暖暖的。
「謝謝您。不過，我只是想想而已。畢竟現在不適合出遠門。」

只是有這個念頭，並不打算付諸實行。
同時也覺得現在的狀況不容許我出國。
這同樣是我的真心話。
我加以說明，以免團長為我操心，他卻面露疑惑。
「為什麼？」
咦？我沒說錯話吧？
「因為……那個……之後還得準備婚、婚禮嘛？」
說出「婚禮」一詞讓人異常羞恥，我講話不小心結巴。
而這又讓我更加難為情，臉頰微微發燙且目光游移。
或許是被我的態度影響了，團長也有點不好意思。
「是啊，還有那件事要準備。」
他用右手掩住嘴角，同時點了點頭。
「對呀。一年後要舉辦的話，現在差不多就要下禮服的訂單了。」
「一年？」
看到團長表示肯定，我接著說出待辦事項。
之前聚會時，莉姿告訴我準備禮服最花時間。

所以我最先提到的就是衣服，團長注意到的卻是另一個部分。
他覺得奇怪的，好像是「一年」這個時間。
「我聽說訂婚期間最短是一年左右……」
「噢，妳指的是婚禮的準備時間嗎？」
我向納悶的團長提出根據。
不只一個人跟我說過，訂婚期間至少要一年。
團長似乎也這麼認為，手托著下巴沉思片刻後點了點頭。
可是他好像有不同的看法，緩緩開口說：
「然而，那不是最短時間嗎？婚禮超過一年後再辦，應該不成問題。」
「說得也是。」
「既然如此，從迦德拉回來後再開始準備也行吧？」
「咦？」
意料外的建議，令我目瞪口呆。
經他這麼一說，婚禮確實不一定要在一年後舉辦。
如今陛下也還沒提到要辦在什麼時候。
團長說得沒錯，從迦德拉回來再著手準備也沒關係。

不過除了時間，還有其他問題，我再怎麼想去迦德拉，也不能就這樣接受團長的提議。
而我的這些想法，似乎也被團長澈底看穿了。
「妳剩下擔心的，應該是長時間不在工作崗位上吧？還是渡海所需的費用？噢，還有身分嗎？」
他怎麼知道？
團長列舉的，全是我會顧慮的因素。
我臉上的苦笑似乎成了回答。
團長就像要說服我似的開始述說。
首先，他斬釘截鐵地告訴我請假完全沒有影響。
甚至說我之前工作得太認真，如果我提出請假的要求，大家搞不好還會很高興。
我不得不同意團長的意見，畢竟時至今日，我依然沒有自己的工作量大到讓其他人擔心的自覺，所長也叫我偶爾可以請個臨時休假。
接著是渡海的費用，他同樣果斷地保證我可以不用擔心。
這裡和原本的世界不同，渡海到其他國家的費用對庶民而言是一筆巨款。
可是，由於這次會跟國家的派遣隊一同出發，應該不會花太多錢。
他先提醒我「雖然這不是由我決定」，幫我打了預防針後才建議我，如果我不好意思跟要去工作的派遣隊同行，大可請陛下把這當成我的酬勞。

前幾天陛下找我過去時也說過，還沒賞賜給我的報酬多到可以用堆積如山來形容。

除了功績太過輝煌外，有部分也是因為我一直拒絕陛下他們提出的報酬。

團長便建議我可以申請這次的渡海費用作為酬勞。

的確。

這樣應該多少可以解決報酬遲遲發不出去的問題。

可是根據團長的推測，即使向陛下提議，他應該也不會把這當成酬勞。

因為這次派人去迦德拉的目的，是治療在那邊病倒的人。

如果我要去迦德拉幫忙治療，就會視為因公出差，所花的費用統統叫做經費。

王宮當然不可能同意拿這當報酬。

問我有沒有不幫忙治療這個選項？

考慮到我的個性，肯定會出手幫忙。

而且還會拿出全力，所以一定治得好患者。

團長如此信心十足地斷言。

看來他很肯定我治得好那個人。

咦？這麼信任我嗎？

「關於休假和費用，我想應該沒問題。至於身分……」
「聖女」出國沒關係嗎？
團長開始分析我不放心的這個問題。
不過，這件事他似乎有點難以啟齒。
剛才的他侃侃而談，現在卻語速緩慢，不時停下來思考。
果然跟我想的一樣，王宮似乎不太希望「聖女」出國。
主要是安全方面的問題。
待在國內比去國外更方便保護我。
而且，討論要派誰前往迦德拉的時候，好像也提到了這一點。
這次的治療，王宮決定送最優秀的人才及最好的物資去迦德拉。
物資是萬能藥。
至於人才，假如不考慮其他因素，就是聖屬性魔法等級高得異常的我了。
可是，「聖女」出國會衍生許多問題。
最後便挑中第二優秀的人選——師團長。
「意思是，我想出國果然有難度嘍？」
「若妳希望，我認為有交涉的餘地。」

雖然很遺憾，聽他這樣說，我覺得還是放棄去迦德拉比較好。
團長卻叫我不要那麼快放棄。
因為討論要派誰去迦德拉時，高層非常煩惱要選我還是師團長。
因此團長覺得如果我提出想去迦德拉的要求，又能解決安全問題，王宮大概不會拒絕。
「這麼一來，代表問題只有安全對策嗎？」
「嗯。我有個主意。」
「什麼主意？」
「我也一起去。」
「咦！」
我不禁懷疑自己的耳朵是不是出了問題。
剛才團長說要跟我一起去迦德拉，不是我聽錯吧？
不過，團長不是有騎士團的工作要做嗎？
「放心，保護妳也是我的職責。」
看來我的想法反映在臉上了。
團長看出我的困惑，表明這也算在工作範圍內，或許是不希望我為此過意不去。
保護「聖女」確實是王宮騎士的工作。

可是，騎士團長的工作應該不只這個才對。
要他丟下其他工作配合我任性的要求，我深感愧疚。
所以我本想繼續說些什麼，好讓他打消念頭……
「而且，我想為妳實現願望。」
「唔……我、我明白了。那就麻煩您了。」
團長帶著不容我拒絕的笑容說。
比平常的笑容更有氣勢。
事情的起因在於我的願望。
再加上我是容易被牽著鼻子走的類型，我根本無法反駁。
於是，團長跟陛下他們交涉後，我順利得到前往迦德拉的機會。

幕後

慶祝魔物氾濫現象告一段落的晚宴落下帷幕，數日後王宮接獲一則消息。

派到迦德拉的使節團，寄來一封寫給宰相的信。

信上附帶代表緊急訊息的記號，侍從立刻將其送到宰相手中。

宰相謹慎地拆掉封蠟，看到信件的內容眉頭緊蹙。

緊接著，他一看完那封信，就起身前往國王的辦公室。

走進國王的辦公室時，宰相的態度看起來與平常無異。

可是憑藉多年來的交情，國王發現宰相的態度並不尋常。

似乎發生了什麼不妙的事。

國王的預感在宰相支開其他人的時候，轉為了確信。

「發生什麼事了？」

「請您先過目這封信。」

國王停下正在辦公的手，從宰相手中接過信紙閱讀。

他的眼神左右移動，在某個地方停頓一瞬間，立刻又動了起來。
看完那封信，國王深深嘆息。
「使節團之中有人罹患疾病啊……」
「是的。症狀有頭痛、高燒、反胃，最後會昏迷不醒。」
「是流行病嗎？」
「有一人病倒，其他成員沒有相同的症狀，但有可能在信件寄出後又有人染病。」
「意思是目前原因不明嘍？從這封信上也看不出是不是風土病……」
「您說得沒錯。」
國王和宰相討論了兩三句，瞇起眼睛彷彿看穿了什麼。
「信上的情報太少，可能是急忙派人送過來的。」
「是的。而且，我有一些在意的事情。」
「是什麼？」
國王聞言，從信上抬起頭。
確認國王的注意力轉移到自己身上後，宰相說出他發現的疑點。
以現在的情況看來，只是微不足道的小事。
通常由使節團的負責人寄來的信，這次由不同的人寄來。

雖然對方有一定的地位，卻連副手都不是。
話雖如此，考慮到他們遇到了緊急事態，由跟平常不同的人寄信並不奇怪。
另一個是負責送信的船隻。
定期寄回王宮的信件，一直由斯蘭塔尼亞的船運送。
可是，根據送信給宰相的侍從所言，這次的信由迦德拉的商船送來。
這也可以用情況緊急來解釋。
「信上的封蠟是否有異狀？」
「是正式的封蠟，也沒有被拆開的痕跡。」
「這樣你還是懷疑嗎……」
信封的封蠟除了證明寄件人的身分，也能用來避免被人偷窺和竄改內容。
封蠟上使用的紋章確實是寄件人的，封蠟本身也完好無缺，信件內容沒有在運送過程中遭到竄改的跡象。
儘管如此，宰相無法驅散內心的異樣感。
雖然只是直覺，國王相信宰相長年來的經驗，考慮起信件被人偽造過的可能性。
倘若全是假情報，大可置之不理。
信上卻寫著會令國王猶豫該如何處理的事情。

「問題在於那位病倒的患者。」

「是的。」

國王語氣凝重，宰相也神情嚴肅。

來自迦德拉的信件，還寫著病倒人物的名字。

國王將視線移回那個部分，同時皺起眉頭。

上面寫著國王之子，第一王子凱爾的名字。

身為一國之君，他早已做好緊急情況時必須捨棄兒子的覺悟，但凱爾是亡妻留下的愛子之一。

現有的線索不足以讓他無視這封信，國王內心猶豫是否該派出救兵。

「想檢查信件的真偽，又會花不少時間。」

「無論如何，都最好派魔導師去迦德拉吧。若這封信的內容是真的，患者的病情未必不會在檢查期間惡化，說不定還會出現其他感染者。」

為了下達決定，國王說出自身的想法，試圖整理思緒，宰相聞言便建議派魔導師前往。

縱使理由不只一個，他那麼提議主要是顧慮到國王躊躇不定的感受。

國王察覺到宰相的心意微微揚起嘴角，並且在內心感謝他，接受了宰相的提議。

「是啊。至於人選，只能找能夠使用聖屬性魔法來治療疾病的人了。」

決定要派出魔導師後，下一個問題是要派誰過去。
患者是親生兒子，做父親的會想盡己所能再正常不過。
可是有一個問題。
斯蘭塔尼亞王國中，最擅長聖屬性魔法的人是「聖女」。
基於各種原因，這個世界的國王極少離開自己的國家。
假如國王要到國外，需要做各種準備以解決問題，例如安排保護國王人身安全的護衛。
地位與國王相當的「聖女」亦然。
再加上「聖女」除了世人所知的淨化瘴氣能力外，還擁有其他優秀的能力。
萬一在國外失去她，國家的損失將會不計其數。
因此，國王和宰相都不贊成讓聖出國。
不過除此之外還有其他理由。
「只是要治療的話，拜託聖小姐應該最保險，考慮到那封信可能是偽造的，最好派其他人去比較好。」
「就算不考慮這一點，也不該委託聖小姐。她已經盡到本分了。」
聖被召喚到這個世界，目的是打倒因為過度濃密的瘴氣而數量異常的魔物。
由於經由斯蘭塔尼亞王國舉行的「聖女召喚儀式」被強行召喚過來，她沒有義務要打倒魔物。

儘管如此，聖跟著騎士和宮廷魔導師一同前往王國各地，用「聖女的法術」淨化讓魔物源源不絕的黑色沼澤。

前陣子，她終於淨化完最後一個黑色沼澤，藉此拯救斯蘭塔尼亞王國擺脫魔物的威脅。

國王說得沒錯，聖已經盡到「聖女」的本分。

他從小就被教育成要背負整個國家的人，比誰都還要明白何謂義務，何謂責任。

因此，他非常感謝不是王侯貴族，甚至連這個世界的人都不是的聖履行了「聖女」的職責，拯救斯蘭塔尼亞王國。

同時，他也不贊成將討伐魔物以外的責任強加在聖身上。

他覺得，就算想補償聖因為被召喚到這個世界而失去的事物，國家也沒辦法拿出與她的功績相襯的酬勞。

「那麼，就請德勒韋思師團長出面吧。那個人也很擅長聖屬性魔法，而且以他的實力，即使遇到要稍微動用武力的情況，應該也應付得來。」

「動用武力嗎……你覺得會遇到這種事？」

「那封信如果是偽造的，未必不可能。」

「偽造啊……你認為對方的目的為何？」

「不好說。應該不是『聖女』……」

說到能用治療疾病當藉口吸引過來的對象，兩人率先想到「聖女」。

可是，宰相立刻將「聖女」排除在選項之外。

因為迦德拉的使節團大概對「聖女」並不了解。

迦德拉派遣使節團造訪斯蘭塔尼亞王國時，王宮禁止所有人透漏「聖女」的能力。

所以除了廣為大眾所知的「聖女」擅長討伐魔物一事外，迦德拉的人理應不會知道更多情報。

此外，關於「聖女」外表的詳細資訊也禁止外傳。

聖只在迦德拉的使節團面前公開亮相過一次，而且當時還披著白色頭紗，讓人看不清她的容貌。

或許是因為這樣吧。

使節團明明是來斯蘭塔尼亞王國尋找治療天宥母親的方法，卻對「聖女」不感興趣。

他們最感興趣的，是藥用植物研究所製作的藥水。

「這樣的話，目的是萬能藥嗎？」

「可能性很高。」

宰相對國王的推測表示肯定。

萬能藥是特殊的異常狀態解除藥水。

一瓶即可治療所有的異常狀態，是劃時代的產物。

一般的異常狀態解除藥水，配方會視症狀而有所差異，若想治療數種症狀，就需要針對那些症狀調製的藥水。

從這方面看來，即可理解萬能藥有多麼珍貴。

而那麼珍貴的萬能藥，是為了治療天宥之母調製而成。

聖不忍心看天宥苦心尋找治療方法，新發明出來的物品。

「不出所料，有人盯上了交給天宥殿下的那種藥。」

「幸好當初虛構了萬能藥的來源。」

「是啊。畢竟怎麼樣都得避免製作者被盯上啊。」

萬能藥由國王親手交給天宥。

只不過，如宰相所說，他們隱瞞了製作者是聖這件事。

因為萬能藥還使用了用「聖女的法術」製作的材料。

對於想儘量隱瞞「聖女」能力的國王他們來說，只得虛構萬能藥的來源。

於是，他告訴天宥萬能藥是王家代代相傳的珍貴藥水，現在無法製作。

「當時給了天宥殿下三瓶，迦德拉的人覺得這邊還有剩嗎？」

「那是當然的吧。那麼珍貴的東西，怎麼可能不求回報統統送出去。」
「確實。既然如此，這次派人過去的時候，最好把萬能藥也送過去嗎？」
「就算被搶走，如果對方這樣就能滿足、乾脆地收手，問題也能得到解決。而且若能抓到想搶萬能藥的人，也能讓他們欠我們一個人情。」
「說得對。為了避免『聖女』小姐被盯上，好好利用萬能藥吧。」
就這樣，最後決定派宮廷魔導師團的師團長帶著萬能藥前往迦德拉。
可是，這場會談的數日後，國王他們對聖的體貼成了白關心。
第三騎士團團長艾爾柏特前來告知，聖本人想要去迦德拉。
考慮到安全問題，這個要求實在很難同意。
但要是從迦德拉送來的信所言為真，沒有比聖更適合的人選了。
國王他們雖然很煩惱，還是在艾爾柏特的說服下同意讓聖前往迦德拉。

第三幕　旅程

被團長發現我想去迦德拉的後天。

王宮派了文官過來，通知我可以去迦德拉。

團長未免太有效率了！

會做事的男人就是不一樣——！

我的興奮度直線上升，甚至忍不住在腦內瘋狂稱讚他。

相關事宜很快就打理好了，我轉眼間就到了船上。

第一次的坐船旅行，比想像中還要舒適。

用來移動的船隻，在原本的世界是古早時期的帆船。

所以我本來以為會晃得很厲害。

結果出乎意料，幾乎不會搖晃。

或許是因為大海風平浪靜，也可能是用原本的世界沒有的魔法做了某種防護措施。

畢竟幾位魔導師相當忙碌。

跟前幾天討論的一樣，這趟旅程團長當然也會同行。
言出必行。
他作為我的護衛同行。
不如說，由團長擔任護衛好像是讓我去迦德拉的條件之一。
而王宮要求的護衛還有另外一人。
就是已知的這位先生。
「都沒看到魔物耶。」
師團長一副閒得發慌的樣子，對我投以意味深長的目光。
他也是我的護衛兼障眼法。
所謂的障眼法，跟王宮允許我去迦德拉的另一個條件有關。
另一個條件是要隱瞞我的身分。
因此，這次我被賦予了不是「聖女」，也不是藥用植物研究所研究員的身分。
我的身分是師團長的隨從。
另外，由於我的身分有變的關係，團長也變成師團長的護衛這個假身分。
可能有人會疑惑，師團長也需要護衛嗎？這純粹是用來讓我們三個可以時常共同行動的理由，因此就不用在意了。

之所以叫我偽造身分，是為了方便我在迦德拉幫人治療的時候，統統都能當成師團長的功勞。

好讓迦德拉將注意力全放在師團長身上，避免我引人注目。

當然，真正的情況會回報給國王陛下和宰相，治療的報酬也會付給我本人。

陛下也叫我大可放心。

「對呀。」

我隱約察覺到師團長眼神中的含意，但我又不是故意的。

周圍的魔物會減少，不是我能自己發動的主動技，是效果常駐的被動技。

我用遊戲術語在腦中辯解，假裝沒發現他看我有什麼意思。

但我不小心移開了目光，應該瞞不過去。

「虧我一直很期待海上的魔物會是什麼樣的生物。」

「沒遇到魔物再好不過吧？」

團長開口安撫一臉遺憾的師團長。

宮廷魔導師團歸眼鏡菁英大人管理，可惜他留在斯蘭塔尼亞王國。

既然如此，安撫師團長理應是我這個隨從的職責，不過團長通常會比我更快行動。

難道是被眼鏡菁英大人拜託了？

同時要保護我和照顧師團長，真不知道有多辛苦。

不但讓人答應我任性的要求，還沒辦法履行職責——雖說是偽造的身分——我有點……

不對，是非常愧疚。

「正常來說是這樣沒錯。可是，我沒什麼機會出海，這次是個好機會。」

「也不是一隻都沒有吧？看，來了。」

師團長嘟著嘴巴，依然在碎碎唸，聽見團長這句話便離開船邊。

下一刻，巨大的影子從旁竄出。

「『寒冰槍』。」

師團長似乎也發現有東西在接近。

他面不改色，隨口唸出咒文。

巨大冰槍緊接著從舉起來的手掌射出，吸進影子的本體。

接著，被冰槍震得偏移軌道的影子，掉在離預測落地點有一大段距離的地方。

發出巨響掉在甲板上的生物，是上顎像魚叉一樣長，全長四公尺的魚形魔物。

形似原本世界的旗魚。

如果牠可以食用，應該能做個類似鮪魚蓋飯的料理。

但牠是魔物。

在斷氣的同時就從甲板上消失了。

「您的技術還是一樣好呢～」

商會的奧斯卡先生用聽不出情緒的語氣咕噥。

不曉得是佩服還是傻眼。

雖說他是「聖女」商會的員工，身為一般人的奧斯卡先生，為什麼會跟國家派遣的使節團在一起呢？

這當然有正當的理由。

因為王宮委託商會派人參加使節團。

這次去迦德拉的目的是治療使節團的病患，不過只做這件事有點浪費旅費。

難得來這麼一趟，不如去發掘斯蘭塔尼亞王國沒有的好用東西，順便建立能進口到國內的管道。

王宮的人打著這樣的如意算盤，指派奧斯卡先生同行。

我的商會因為要進口在日本是國民主食的稻米和味噌等調味料的關係，是斯蘭塔尼亞王國中與迦德拉交易得最頻繁的商會。

所以才會選中我的商會員工。

說不定多少也有為我考慮。

「我看他很輕鬆的樣子，剛才那隻魔物挺強的吧？」

在跟奧斯卡先生竊竊私語的，是來自分室的梅小姐。

平常以見習廚師的身分工作。

同樣是王宮派來參加使節團的成員。

斯蘭塔尼亞王國和迦德拉的料理風格不同，為了那些吃不慣迦德拉料理的人，需要有廚師同行，於是梅小姐便獲選加入。

梅小姐本身好像是好奇心旺盛的人，她同樣對迦德拉的料理興味盎然，想趁工作時學會作法。

「在陸地上差不多是中級魔物，但這裡是海上嘛～比在陸地上打倒牠更困難。」

「完全看不出來。」

「他可是德勒韋思大人嘛。」

「喔……」

聽見兩人的對話，我想起來了。

師團長說過，海裡的魔物難對付的程度，比陸地的魔物高上兩成。

實際上好像不只兩成就是了。

海裡的魔物體積大多比陸地上得大，除此之外，討伐時經常得在會晃動的船上發動攻擊，難度會大幅提升。
雖說旗魚魔物在海裡的魔物裡只是中級，能那麼輕鬆就將其打倒的師團長實在很誇張。
因此，討伐魔物時師團長的標準並不適用於普通人身上。
「唉呀，魔物出現了嗎？」
「啊，姊姊。」
我轉頭望向溫柔聲音的來源，來自分室的另一位參加者薩拉小姐正往這裡走來。
跟我一樣看到薩拉小姐的梅小姐開口呼喚她。
雖然梅小姐叫她姊姊，其實兩人並非有血緣關係的姊妹。
據梅小姐所說，她們從小情同手足，自然而然就這樣叫她了。
薩拉小姐跟梅小姐一樣，是在王宮的要求下加入使節團的成員。
她在分室是管理人的祕書，這次則是以師團長祕書的身分同行。
這當然是表面上的職位。
實際上是為了照顧我的生活起居才會參加。
不過在研究所的時候，我都是自己打理自己的事，沒必要特地派人照顧我。
我這麼想並拒絕過一次，文官卻說萬一有需要就糟了，堅持不肯讓步。
什麼情況下會需要照顧我的人呀？

例如要穿禮服的時候？
我倒覺得以治療病患為目的的旅程不會有那個機會。
不管怎麼樣，難得可以一起旅行。
我想藉機跟薩拉小姐和梅小姐加深情誼。
「是的。德勒韋思大人一下就把牠打倒了。」
「不愧是德勒韋思大人。」
「真的。對了，薩拉小姐有什麼事嗎？」
「是的。差不多要變涼了，您有空的話，要不要一起喝杯熱茶？」
「好主意！請務必讓我參加！」
我在回答薩拉小姐的同時詢問她的來意，接獲誘人的邀約。
太陽下山後，甲板上的風會突然變冷。
儘管現在太陽還高掛在天上，薩拉小姐說得沒錯，總覺得氣溫降低了一些。
這種時候，一起喝茶的建議實在很吸引人。
我露出燦爛的笑容回應，薩拉小姐也對我莞爾一笑。
「可以邀請其他人嗎？」
「當然可以。」

雖然是薩拉小姐主辦的茶會，我還是問了問方不方便找其他人參加。

大家平常很少碰面。

趁這個難得的機會多多交流也不錯。

再說抵達迦德拉後就要一起工作了。

薩拉小姐也乾脆地同意，不曉得是有同樣的想法，還是猜到了我在想什麼。

於是，我也邀請其他人，度過了愉快的下午茶時間。

◆

收到即將抵達迦德拉的通知，我們從船艙移動到甲板。

今天的天空萬里無雲。

吹在身上的風只是有點涼而已，被陽光照得閃閃發光的海面美不勝收。

然後，前來通知我們的人說得沒錯，船已經開到了港口附近。

遠遠看過去，迦德拉的市容散發一種古代中國的氛圍。

或許是因為建築物的窗戶和梁柱都有中國風的裝飾。

鋪在屋頂上的黑亮瓦片，讓人聯想到古代的日本民宅，有種懷念的感覺。

不遠處的一角還有會在斯蘭塔尼亞王國看見的西式建築，風格與其他房子截然不同。

那些建築是其他國家的商會嗎？

搞不好也有斯蘭塔尼亞王國的房子。

「好多特別的建築物。」

「有來到異國的感覺呢。」

我呆呆看著街景，感覺到有人站在旁邊。

我好奇是誰而轉頭一看，結果是團長。

儘管旅程比想像中舒適，團長說不定也會為不習慣的生活感到疲憊。

他的口吻有種鬆一口氣的感覺。

我點頭附和，再度將視線移回城市。

「抵達港口後還要繼續移動是嗎？」

「是的。要坐馬車到帝都。」

團長所說的帝都，是迦德拉的首都。

皇帝居住的都市，故名為帝都。

眼前的城市是類似斯蘭塔尼亞王國摩根哈芬的港都。

由於使節團的據點位於帝都，我們還得坐馬車移動。

從這裡到帝都好像花不到一天的時間，早上出發的話，傍晚就能抵達的樣子。
現在時間是上午。
因為有點趕不上在今天抵達帝都，我們決定先在這座港都住一晚，天亮再出發。
「哇，有種還在晃的感覺！」
「唉呀，真的呢。」
我下船踩到地面上。
久違的陸地令我鬆了口氣，卻有種身體還在晃的感覺，可能是長時間待在會搖晃的船上所致。
有這種感覺的人似乎不只我一個。
一起下船的梅小姐也說出跟我一樣的感想。
薩拉小姐接著表示贊同。
看來大家都一樣。
這個想法很快就被推翻了。
「是登陸不適病，過一陣子就會好嘍。」
「明天會恢復嗎？」
「說不定要等兩三天。好像有能加快恢復速度的訣竅，我等等告訴妳。」

「謝謝。」

跟在薩拉小姐和梅小姐後面下船的奧斯卡先生一臉若無其事。

他給我一種始終待在王都商會的感覺，真沒想到他那麼習慣坐船。

或許是因為他之前待的商會有很多機會坐船。

「妳還好嗎？」

「啊！嗯，我沒事。」

大概是我看著梅小姐她們發呆，使得團長為我操心了。

團長看著我的臉，觀察我的臉色。

他突然接近，害我心跳漏了一拍。

我感覺到臉頰微微發燙，祈禱它不要變得更紅，同時急忙回答。

「覺得不舒服的話，馬上跟我說。」

「謝謝您。我覺得還有一點晃，不過沒事的。」

「這樣啊。那差不多該去旅店了。」

「好的。」

團長走向的地方，停著數輛馬車。

國家不同，馬車的造型好像也不同。

跟街景一樣，馬車的外觀也充滿異國風情。

我們似乎要搭乘這幾輛馬車前往旅館。

師團長已經走向馬車，在前面舉起手臂伸懶腰。

話說回來，團長和師團長真是一如往常。

他們跟奧斯卡先生一樣，都不會暈嗎？

難道有什麼不會暈的小訣竅？

之後去問問看好了。

我邊想邊鑽進馬車。

我在那間旅店舒舒服服地休息了一晚。

多虧我睡得很熟，隔天醒來時很有精神，可是最有精神的當屬師團長。

他一早就精力十足，狀況絕佳。

不意外。

因為早餐是中式料理風的鹹粥。

熱愛米飯料理的師團長會興奮很正常。

「聖小姐！」

「什、什麼事？」

「這道料理使用的食材，該不會是米吧？」

我在吃早餐的時候被人大聲呼喚名字，抓著身體晃。

呼喚我的人是師團長。

我差點噎到，回問他的用意，他想問的是料理的食材。

放在每個人面前的，是滿滿一大碗的粥。

光看就看得出來，幫忙送餐的員工也直接說這是粥了。

所以，占這道料理絕大部分的小粒白色物體，八成就是米。

「是米沒錯。」

「果然！」

得到我的肯定，師團長眼中綻放光芒。

根據店員的介紹，粥在這一帶是很普遍的早餐。

儘管不常見，日本也有早餐會提供粥的飯店，所以得知這是粥我也不覺得奇怪，只會感到懷念。

然而，對其他人來說這好像是從未見過的料理。

「聖小姐知道這種料理嗎？」

「是的。在我的故鄉也有。」

「我怎麼不知道？」
「是嗎？我在研究所做過一次呀。」
「在研究所……該不會是只用稻米和水做的那個？」
「沒錯，就是它。」
師團長的語氣帶有一絲譴責的意味。他剛迷上米飯料理的時候，曾經拜託我在研究所煮過粥。
當時我做的是日式的粥品。
我原本就很少吃粥，在師團長提出要求前，從來沒有做過。
會吃粥的時候大多是在生病時，在那種情況下根本不會有力氣自己煮，都是去便利商店買微波食品。
所以食譜我只記得大概，但我覺得我沒有失誤。
純粹是效果不足以回應師團長的期待。
所以師團長才會現在才想起來吧。
「妳之前做的，感覺跟這個不一樣啊？」
「是的。之前做的是故鄉的粥，沒有放這麼多料。」
「所以這個跟妳故鄉的不一樣嗎？」

「這比較接近鄰國的料理。」

接著詢問我的是團長。

聽見我和師團長的對話，似乎令他產生了疑惑。

我在研究所煮粥的時候，材料只有用米和水。

與之相比，眼前的粥則跟之前吃過的迦德拉料理一樣，是中式料理。

除了米以外，還加入了雞肉和蔥等食材。

那個褐色的果凍狀物體，應該是皮蛋吧？

還看得見疑似蛋黃的深綠色部分。

在日本生活的時候，我曾經在雜誌上看過，卻從未吃過。

會是什麼樣的味道呢？

我為未知的料理興奮不已，拿湯匙挖了口皮蛋送入口中，Q彈的口感和類似水煮蛋蛋黃的味道在口中擴散開來。

「這道料理似乎會提升HP和MP的自然恢復量，而且還提升很多！真是太棒了！」

看來師團長顧不了吃飯，在用鑑定魔法調查料理的效果。

米飯料理有許多功效跟魔法有關的種類，師團長一直在獨自研究。

這次的粥似乎也有跟魔法有關的功效。

師團長笑咪咪的，咕噥著建立在至今以來的研究成果上的推論。
我聽見他在說放進粥裡的食材會影響效果，之後是不是又要被盤問了？
不祥的預感總是特別準，他叫我之後告訴他原本世界的粥是怎麼做的。
團長的笑容很有魄力，師團長也不遑多讓。
有種被逼著一五一十招出來的感覺。

◆

熱鬧的早餐時間結束後，我們馬上動身前往帝都。
加上中途休息的時間，總共坐了數小時的馬車。
跟之前聽說的一樣，傍晚就抵達帝都了。
馬車在使節團住的宅邸前停下。
車門開啟，首先下車的是師團長，接著是團長。
我之後才在團長的攙扶下下車。
薩拉小姐跟在我後面，搭乘另一輛馬車的梅小姐和奧斯卡先生也前來會合。
穿過大門，家門近在眼前。

跟斯蘭塔尼亞王國的貴族宅邸不同，迦德拉的房子大門口離家門好像只有幾步的距離。

原來如此，難怪馬車要停在大門口。

最近我常坐馬車移動到家門前，所以覺得馬車停在大門口很奇怪，這麼近就能理解了。

我好奇地東張西望，使節團應該也收到我們抵達的消息了。

家門打開，一個人從中走了出來。

曾經看過的紅髮映入眼簾。

上次見到他是什麼時候啊？

感覺是很久以前的事了。

「辛苦各位遠道而來。」

從屋裡走出來的，是率領使節團先行來到迦德拉的第一王子凱爾殿下。

他笑著迎接我們，氣氛卻不知為何有點凝重。

是因為他在緊張嗎？

不對，唯有他絕對不可能會緊張。

詭異的氣氛令我心生疑惑，但反應不對勁的人，不只凱爾殿下。

我們這邊的人看起來也怪怪的。

該怎麼說，有種目瞪口呆的感覺。

連比較鎮定的師團長都有點錯愕。
「感謝您特地前來迎接。」
「坐裡面慢慢聊吧。先進來再說。」
不知道凱爾殿下對我們的反應是怎麼想的，他似乎感覺到尷尬的氣氛。
回過神來的師團長代表大家應答，凱爾殿下馬上帶我們進到屋內。
我、團長和師團長被帶到疑似會客室的房間，連欣賞裝潢的時間都沒有。
跟我們一起來的其他成員則要整理行李，先移動到未來幾天要住的房間。
抵達會客室後，凱爾殿下把其他人支開了。
因此，現在在場的只有我們三個和凱爾殿下。
一坐到室內的沙發上，凱爾殿下就開啟話題，或許是覺得剛才的氣氛並不尋常。
「突然接獲各位要來這邊的通知，嚇了我一跳。發生什麼事了嗎？」
或許是因為來自斯蘭塔尼亞王國的三人中，我的地位最高。
凱爾殿下對著我說話。
凱爾殿下第一次這麼有禮貌地跟我說話，感覺超級奇怪。
「其實王宮接獲這邊的使節團裡有人生病的急報。」
「生病？」

「是的。您不知道嗎？」
「嗯，沒聽說有這回事……」
團長代替我回答凱爾殿下的問題，不曉得是不是察覺到了我的困惑。
內容跟我在王宮聽陛下說的一樣。
可是聽見病人一詞，凱爾殿下面露疑惑，似乎毫無頭緒。
連寄回斯蘭塔尼亞王國的信，他好像都不知道。
團長向他重新確認，凱爾殿下手托著下巴陷入沉思。
「那封信確定是從我們這邊寄出去的吧？」
「是的，戈爾茨大人檢查過了。雖然因為時間急迫的關係，只有簡單確認。」
「宰相啊……」
戈爾茨大人指的是宰相。
據說宰相的調查能力十分優秀，不愧是地位這麼高的人。
聽見宰相檢查過，凱爾殿下再次陷入沉默。
「抱歉，關於那封信，我也想調查一下。」
「好的。」
他果然沒有頭緒的樣子。

既然如此，代表有人擅自寄信回去嘍？

感覺是個大問題。

凱爾殿下的表情非常嚴肅，表示要進行調查。

「信上說使節團裡有人生病對吧？」

「是的。王宮因此決定派我們擔任治療隊。」

「各位的確是最可靠的治療隊。」

凱爾殿下聞言環視我們三個的臉，苦笑著說。

他說得沒錯，這裡的成員即使在斯蘭塔尼亞王國也是最強大的陣容。

我在內心表示贊同的期間，團長接著說：

「雖然我認為這幾個人就能處理，不過我們還帶了萬能藥。」

「萬能藥？是那個嗎……」

千萬不能忘記萬能藥。

既然有我在，用不到的可能性非常高，但陛下他們特別吩咐，就姑且帶過來了。

似乎是為了以防萬一。

凱爾殿下似乎也知道萬能藥的存在。

看他含糊其辭的模樣，應該也知道製作者等詳細情報並未公開。

「聽說萬能藥任何疾病都治得好……」

「是的，我用鑑定魔法確認過了。」

「那麼，聖小姐為什麼也來了？」

師團長像要補充說明似的告訴凱爾殿下他用魔法鑑定過，凱爾殿下面露疑惑。

他一副難以啟齒的模樣提問，而這個疑問刺中了我的心。

會這樣想很正常。

假如萬能藥能治療所有疾病，我和師團長不必長途跋涉前來。

師團長勉強可以說是負責護送萬能藥，我則根本不需要跑這一趟。

即使如此還是前來，純粹是因為我想來迦德拉。

沒錯，是我的任性。

我自己也明白，因此凱爾殿下的疑問刺激了我的罪惡感。

「該怎麼說，我對迦德拉的文化有興趣……」

「噢，您是來找藥草和食材的吧。」

滿心的慚愧，導致我一時想不到好理由。

可是我又不好意思講實話……

我支支吾吾說出掩飾不住的真心話，凱爾殿下一把掀開了漏洞百出的遮羞布。

殿下……

原來您知道我對什麼東西有興趣。

面對凱爾殿下的蠻橫之舉，我會突然逃避現實也是無可奈何。

「在各位特地遠道而來的時候講這種話，我也過意不去，不過你們還是趕快回王國比較好吧？」

「是因為那封信嗎？」

凱爾殿下一臉愧疚，建議我們立刻回國。

理由我只想得到那封信。

「是的。重要到會派你們過來的信，竟然沒事先通知我，太不尋常了。可以確定除了信上提到的那件事，還有其他目的。」

「至於那個目的……」

不管是寄信回斯蘭塔尼亞王國，還是使節團裡有人生病，不看程度的話，確實沒必要跟凱爾殿下報告。

然而，事情嚴重到會派出「聖女」和宮廷魔導師團的師團長，不通知率領使節團的凱爾殿下實在太不自然。

凱爾殿下說得沒錯，寄那封信的人應該別有居心，而非想要治療病患。

儘管沒有明言，我想目的恐怕是被派過來的我們和萬能藥。
我看著凱爾殿下的眼睛，沒有把話講完，凱爾殿下點頭表示肯定。
既然有遇到危險的可能性，應該很難悠閒地繼續在迦德拉觀光。
都來到這裡了實在很遺憾，不過沒辦法。
「那麼，我們就立刻回國吧。」
「真的不好意思。一旦查到那封信的詳細出處，我會迅速跟國王陛下報告。」
「好的，我也會轉達陛下。」
「感激不盡。噢，對了。」
本以為接受凱爾殿下的建議後，這段對話就到此結束。
凱爾殿下卻有其他想法的樣子。
他的靈機一動，可謂不幸中的大幸。
即使現在就動手辦理回國手續，也得耗費數日才能安排好船隻。
殿下打算趁這段期間請人送跟迦德拉的植物和食材有關的書到這裡。
不能外出固然可惜。
可是多少能獲得迦德拉當地的情報，已經值得感激了。
只要有書可以看，待在屋內和坐船的時候，都能拿來打發時間。

我笑著感謝他提出這麼棒的建議，凱爾殿下也放心地揚起嘴角。

接著，他很快就著手幫我們處理手續，回國準備卻在途中停擺。

因為我們竟然離不開迦德拉了。

第四幕　出境禁令

抵達使節團據點的隔天。

或許是疲勞所致，我醒來得遠比平常晚。

所以我決定早餐和午餐一起吃。

即所謂的早午餐。

食堂放著迦德拉風的大圓桌，大家都坐在同一張桌子前面吃飯。

我們沒有顧慮身分高低，不只團長和師團長，奧斯卡先生、薩拉小姐和梅小姐也在。

團長在餐桌上宣布了意想不到的消息。

「不能出境？」

「是啊，上午接獲了通知。」

他接著說明詳情，我們入境時利用的港都，好像正在限制船隻出入。

聽從凱爾殿下的指示與我們一同前來的文官，今天早上就在辦理回國手續，卻在途中得知限制出境的消息。

據說他上午急忙前來回報。

何時開始限制出境、會持續到什麼時候等詳細資訊尚未明瞭，目前許多人都在四處奔走收集情報。

「所以凱爾殿下才不在嗎？」

「對。使節團也在以凱爾殿下為中心收集情報。」

不只跟我一起來的人們，原本就在迦德拉的使節團成員也在幫忙解決問題的樣子。

本來預計要跟我們一起吃飯的凱爾殿下缺席，原因似乎也在於此。

有種給大家添麻煩的感覺，真不好意思。

如果我沒有來，應該不會搞出這麼大的問題。

儘管心中有愧，我們回不了國確實是嚴重的問題。

因此，想必認識了不少當地人的凱爾殿下願意鼎力相助，我很感謝他。

畢竟有當地人幫忙，大概能比較快解決。

「希望可以快點出境。」

限制出境的理由不明，所以沒人知道何時會解除禁令。

雖然會擔心，我也不能做什麼。

迦德拉的書今晚會送到，我就乖乖看書，乖乖等待吧。

「我倒是希望那封信的問題能儘快解決。」
在我猜想會送來什麼樣的書時，師團長悠閒地開口說。
他跟我一樣，似乎睡到接近中午才起來。
看起來還有點想睡。
「那封信嗎？」
「是的。查明對方寄信的目的，我就能採取行動了。」
「什麼意思？」
為什麼查明目的，師團長就能行動？
我一頭霧水。
上魔法課的時候，他的講解明明淺顯易懂，今天卻有種太過省略的感覺。
他很睏的樣子，搞不好是還沒睡醒。
我進一步詢問原因，答案很簡單。
從信件內容推測，寄件者的目的極有可能是萬能藥，或者會使用恢復魔法的人。
會製作萬能藥的人也在選項當中，只是可能性比較低。
如果目的是萬能藥，我們就沒必要關在屋內，可以去街上散步。
「就算目的是萬能藥，我們也不方便外出行動吧？」

「護衛的任務就在於此。只要妳不要離開我就行。」
有那麼簡單嗎？
若有人圖謀不軌，我不認為大家會允許我們外出。
師團長聽聞，面不改色地提到護衛的話題。
「等等，我也要去。」
「噢……要兩人一組對吧。失禮了。」
團長立刻插嘴，但你反駁這個沒問題嗎？
照理說應該要阻止他吧？
「重點在於，就算知道對方的目的，也未必可以外出。」
太好了。
團長有審慎考慮。
我的安心只持續了一瞬間。
師團長果然不肯放棄。
「假如目的是萬能藥，按照當初的計畫行動也不會有事。聖小姐也想出去散步吧？」
「咦？呃，這個嘛……」
要說想還是不想，答案當然是想，但我不好意思老實回答。

因此我含糊其辭，師團長卻沒有放在心上。
他兩手一拍，露出美麗的微笑。
「呵呵呵，真期待去逛街。我有很多東西想找。」
師團長好像已經滿腦子都是逛街。
聽見他雀躍地這麼說，我突然覺得不太對勁。
很多？
還以為他的目的只有稻米，看來並非如此。
「很多？不是只有米嗎？」
「對啊！」
奧斯卡先生似乎也有同樣的疑惑，於是詢問師團長。
師團長神采奕奕地點頭，我難得看到奧斯卡先生的嘴角在抽搐。
「無論如何，還不知道能不能出去，現在先在這裡待命吧。」
「真沒辦法耶。」
團長開口安撫師團長，應該不是因為奧斯卡先生僵硬的表情吧。
師團長好像逐漸冷靜下來，遺憾地聳了聳肩。
「德勒韋思師團長……」

「梅。」
「是。」
看到他這個反應，梅小姐想說些什麼，卻被薩拉小姐打斷了。
她的語氣跟平常一樣柔和，卻有種壓迫感。
梅小姐似乎也感受到了。
她閉上嘴巴，神情嚴肅。
由於飯後無事可做，我便在屋裡悠閒地度過，順便養精蓄銳。
我在自己分配到的房間看使節團給我的簡易街道地圖。
就算無法外出，看地圖任想像馳騁也很愉快。
在我思考假如可以出門，要去哪裡逛街時，凱爾殿下收到了新消息。
前來通知我的是團長。
凱爾殿下去找天宥殿下了。
由於天宥殿下曾到斯蘭塔尼亞王國留學，特別關心使節團。
所以他也認識來到迦德拉的凱爾殿下。
然而，天宥殿下終究是局外人。
幫使節團擔任聯絡窗口的另有其人，平常都是跟那些人聯繫。

可是這次因為事關重大，他才會直接拜訪天宥殿下。

「聽說限制出境是突然決定的，天宥殿下也是聽凱爾殿下提及才知道。」

「那麼，意思就是詳細情況尚未查明吧。」

據團長所說，從凱爾殿下口中得知這件事的天宥殿下，也會幫忙收集情報。

凱爾殿下要留在天宥殿下那邊，等收集到更多情報再回來。

另外，他還託人叫我們先吃飯，因為無法確定自己來不來得及在晚餐前回來。

「給人家添了好多麻煩……」

「要妳別放在心上也有難度，不過妳並沒有錯。」

雖說他在斯蘭塔尼亞王國已經成年，凱爾殿下應該還不到二十歲。

讓這麼年輕的他工作到深夜，有股罪惡感。

我在內心反省果然不該跟來迦德拉，團長便貼心地安慰我。

「對了，凱爾殿下說的書快送到了，送達時我馬上拿來給妳。」

「謝謝您。」

是因為我無精打采的嗎？

團長提到了書。

在收集出境禁令的相關資訊時，大家還順便幫我找了書。

太沮喪也只會害其他人擔心吧。

繼續讓大家操心並非我的本意，於是我轉換心境，向團長道謝。

在我們這麼交談的同時，書也送到了。

由於是使節團的成員送來的，我心懷感激地收下。

有植物圖鑑、藥草圖鑑和毒草圖鑑等。

還有跟藥水有關的書，低落的心情稍微恢復了一些。

團長見狀鬆了口氣，而我並沒有發現。

◆

我回房閱讀剛才收到的書，一轉眼就來到晚餐時間。

如同他託人帶的口信，凱爾殿下沒能趕回來。

按照慣例，在食堂集合的只有我們六個。

宅邸的廚師精心製作的當地料理，擺滿了整張圓桌。

在許久不見的菜色中，讓師團長興奮到最高點的，當然是這道料理。

「這是——！」

「這叫做粽子。」

師團長滿面喜色地驚呼，我說出剛才侍者告訴我的名稱。

放在蒸籠裡的，是用竹葉包裹的物體。

我看到的時候就在猜會不會是「粽子」，果真如我所料。

拆掉綁在外面的繩子、打開竹葉，蒸氣從中冒了出來，晶亮的褐色飯粒映入眼簾。

師團長之所以大叫，也是因為看到米飯吧。

跟日本被叫做中式粽的東西很像。

到處都看得見肉塊。

我喜孜孜地吃了一口，想像中的味道於口中擴散。

我以前滿喜歡吃中式粽的。

好吃得令我下意識揚起嘴角。

「跟在王國吃到的米口感不一樣呢。」

「因為米的種類和在斯蘭塔尼亞王國吃到的食物不同。」

現在正在吃的粽子口感又黏又有嚼勁，不同於在斯蘭塔尼亞王國吃到的米。

大概是因為斯蘭塔尼亞王國用的是我在日本常吃到的粳米，粽子則是用糯米做的。

師團長似乎也吃出口感的差異，將放在小盤子裡的粽子拿到眼前仔細觀察。

聽見我回應他的自言自語，師團長激動地面向我。

「這是什麼種類的米？」

「用在這道料理上的米，應該是在我的故鄉名為糯米的種類。」

「糯米？那不是用來製作麻糬這道料理的嗎？」

「是沒錯，不過有時也會拿來這樣烹調。」

「是料理方式不同的意思嗎？原來如此，難怪名稱不同……」

師團長迷上米飯料理時，我告訴過他稻米分成許多種類。

當時真的好累人……

雖說我懂植物，對象主要是藥草。

師團長問了一堆問題，我能回答的卻屈指可數。

米的種類我只記得越光米和笹錦米，頂多再加個秋田小町米。

好像還有美姬米、一見鍾情米，以及夢美人米的樣子？

噢，對了。

還有山田錦。

除此之外應該還有許多種類，但我記得的只有這些。

在跟師團長介紹這些種類時，我順便分享了糯米的知識。

其實也不到分享知識的程度，只有告訴他糯米是用來製作麻糬的米。

資訊稱不上多，師團長卻記得一清二楚。

他在有興趣的領域上果然很優秀。

除了師團長，還有其他人對粽子有興趣。

那就是想學做迦德拉料理的梅小姐。

「飯裡面加了肉、紅蘿蔔，還有蝦子吧。這是什麼？」

「大概是竹筍吧？」

「竹筍？」

「竹子這種植物的嫩芽。」

「哦～第一次聽說。」

「斯蘭塔尼亞應該沒有。」

「是迦德拉特有的食材嗎？」

梅小姐撥開自己盤裡的粽子，檢查裡面的餡料。

我看得出來裡面包了豬肉、紅蘿蔔和竹筍。

蝦子太小，所以我沒發現。

梅小姐真不愧是廚師，居然注意到了。

可是，她好像沒看過竹筍而很疑惑的樣子，我便為她解答。
萬一這其實是其他植物，會有點丟臉。
為求保險起見，之後去跟侍者確認好了？
要是弄錯，對梅小姐就太不好意思了。
「有用米的意思是，跟您做的米飯料理一樣，是包好餡料後放進鍋子裡煮的嗎？」
「大概不是。這個籠子是用來蒸東西的。」
「什麼是蒸？」
「燒開熱水，用蒸氣加熱食物叫做蒸。」
「哦～所以是用這個葉子？包住米和餡料再拿去蒸嗎？」
「不知道耶。對不起，我也不是很懂。我只有吃過而已，沒有親手做過。」
「您不用介意。我才要跟您道歉，問了這麼多問題。」
「不會啦。我也想知道作法，但不知道要問誰。」
「問問看這裡的廚師如何？」
「好主意。」
儘管梅小姐詢問我粽子的作法，可惜我不知道詳細的食譜。
跟我對梅小姐說的一樣，粽子要用竹葉包起來，再放進蒸籠蒸。

不過，是要把米跟餡料一起煮熟後再包起來，還是要在沒煮熟的情況下包起來，前面的步驟我就不知道了。

知道作法就能去買食材，在斯蘭塔尼亞王國也能做了……

除了粽子，有辦法查到其他料理的食譜嗎？

我邊吃邊和梅小姐跟薩拉小姐兩人討論。

接著，吃完飯的時候，凱爾殿下回來了。

情況似乎有了些許進展。

◆

得知凱爾殿下回到宅邸，我、團長和師團長三人前往凱爾殿下所在的房間。

抵達左右兩側站著護衛的雙開門前時，事先接獲通知的侍從從裡面開門迎接我們。

凱爾殿下所在的地方位於房間深處，是個類似客廳的場所。

跟食堂一樣，這裡也放著迦德拉風格的家具。

他似乎已經換好衣服並吃完簡單的晚餐，一臉放鬆的模樣站在椅子前面。

「忙到這麼晚，辛苦您了。」

「不會。請坐。」

我慰問他一句，凱爾殿下便錯愕地睜大眼睛。

可是他很快就回過神來，叫我們入座。

我們各自坐到椅子上，侍從幫忙泡了茶。

達成任務的侍從離開，房內只剩下我們四個。

看來他事先吩咐過侍從了。

桌上放的是大家喝習慣的花草茶。

不是紅茶，是因為時間太晚了嗎？

熟悉的香氣使我感到放鬆，這時凱爾殿下開始向我們說明情況。

根據天宥殿下調查的結果，頒布出境禁令的原因在於發生了某起事件。

限制出境的不只我們入境時停靠的港都，附近的城鎮也包含在內。

而且還有明天搞不好還會擴大限制範圍的傳聞。

「事件的詳情還沒查出來嗎？」

「對。天宥殿下好像也查不清全貌，我們在猜是上頭要人不准洩漏詳情。」

凱爾殿下只說有事件，師團長接著提問。

他也純粹是因為不知道詳情才沒說，而非刻意隱瞞的樣子。

連天宥殿下都查不出事件概要，因此兩人推測是不是有人下了封口令。
「擴大限制出境的範圍，再加上隱瞞詳情，看來是非常重大的事件。」
「是啊。雖然尚未得到確切證據，就我偷聽到的情報看來，疑似是一起竊盜事件。」
「竊盜？這麼一來，因為擔心東西會被帶到國外，所以才會限制出境嗎？」
「除了國外，應該也是想限制犯人在國內移動。」
「原來如此，難怪要擴大範圍……」
團長憑藉現有的情報做出推測，凱爾殿下點頭肯定。
雖然下達了封口令，似乎不算太嚴格，還是打聽得到一些傳聞。
每個世界都有管不住嘴巴的人呢。
不知道是什麼東西遭竊，搜查規模這麼大，說不定是非常重要的物品。
限制國內的移動路線，是為了方便搜查嗎？
畢竟必須搜查的範圍太大的話，需要的人手也比較多。
「沒查到被偷的是什麼嗎？」
「是的。關於這件事似乎眾說紛紜。」
我心生疑惑，詢問是否有遭竊物的資訊。
凱爾殿下表示可能性不只一個。

有哪些選項呢？
看到我這個反應，凱爾殿下補充說明。
使節團成員收集到的傳聞，有知名的寶石和武器等。
的確，如果是赫赫有名的東西被偷，進行這麼大規模的搜查行動也不奇怪。
因為這類物品大多是貴族持有。
警備嚴密的宅邸遭小偷，不把東西拿回來會影響聲譽。
「好像還有人說被偷走的是貴重的藥物。」
「藥？所以是藥水嗎？」
「對。聽說是任何疾病都治得好的藥……」
怎麼回事？
好像在哪裡聽過這個功效。
最後列舉出來的，是讓人有既視感的藥品。
凱爾殿下的表情變得有點複雜，由此可見我的推測是正確的。
我瞥向旁邊，發現團長也一臉微妙的樣子。
果然是那個吧？
「任何疾病都治得好嗎？簡直就像萬能藥。」

在我觀察團長的反應時，師團長直接講出它的名字。

嗯，我也這麼覺得。

凱爾殿下和團長似乎也在想同樣的事。

聽見師團長這句話，兩人變得更加愁眉苦臉。

「不管怎麼樣，可以確定有事件發生，至於發生了什麼事，內容則還沒查清楚。」

凱爾殿下清了下嗓子重啟對話，就像要再次強調似的陳述事實。

他說得沒錯，是否為竊盜事件、被偷走的東西是什麼，都尚未明瞭。

天宥殿下也會繼續幫忙調查，於是我們打算靜候跟出境禁令有關的新資訊。

「對了，那封信的調查進度有進展了嗎？」

師團長在對話中斷時換了個話題。

他提到寄回斯蘭塔尼亞王國的信件。

凱爾殿下則面不改色地回答他。

大家都在東奔西跑的期間，信件的調查進度還是有所進展的樣子。

就結果來說，知曉了兩件事。

首先，信件很可能不是使節團成員寄出的。

之所以無法斷定，是因為還沒問過所有人。

儘管如此，已經跟信上寫的寄件人本人確認過不是他寄的了。
接著是蓋在封蠟上的印章很可能是真貨。
之所以無法斷定，是因為印章下落不明。
至於為何找不到印章，是因為持有人——那封信的寄件人（下略）——把印章弄丟了。
這個世界的印章類似原本世界的身分證。
而他遺失了可以用來證明身分的東西。
還被用在不明人士寄出的信件上。
不用說，那個人當然受到處罰了。
他八成也料到自己會受罰。
發現印章不見後，他沒有向上司報告，而是自己一個人偷偷尋找。
可是至今仍未尋獲。
「想得到的地方都找過了嗎？」
「對。我們跟當事人收集了證詞，其他人也找過了，卻一無所獲。」
儘管早就覺得他們八成找過了，我還是忍不住再次確認。
其他人也找不到的話，八成就是那樣了吧。
信上用了消失的印章，讓我想到一個可能。

「印章說不定是犯人偷來偽造書信的。」

「目前這個可能性很高。」

師團長說出閃過我腦海的想法。

果真如此。

凱爾殿下應該也想到這個可能性了。

他面色凝重地點了點頭。

看來情況相當棘手。

限制出境導致我們不能離開迦德拉，那封信又害得我們連這棟房子都無法踏出。

雖然不知道哪個問題會先解決，現場充滿暫時只能閉門不出的氣氛。

接著，有一個人感覺無法忍受這個狀況。

我望向陷入沉思的師團長。

「真想解決信件的問題。」

「若有辦法解決，當然再好不過，你有什麼好主意嗎？」

師團長提出願望後，凱爾殿下將注意力放到他身上。

於是師團長侃侃而談，彷彿在整理腦內的想法。

「首先，我想查明寄件人的目的。」

「目的？」

「是的。從信件內容看來，目的疑似是會使用恢復魔法的人或萬能藥。查出目的是何者後，就能決定接下來的行動方針。」

「這樣也會比較好保護目標嗎？」

吃早午餐的時候也聊過這個。

不過，凱爾殿下重視的是固守防線，師團長則不同。

「然而要如何在寄件人不明的情況下查出對方的目的？」

「將兩者分別安置在不同的地方，檢查周圍有無可疑人士如何？」

如我所料，師團長想要主動出擊。

面對凱爾殿下的疑問，師團長建議主動尋找犯人，而不是等待其他人收集情報。

八成是想早點解決問題，到外面逛街。

不如說從這段對話看來，他可能會拿尋找犯人的目的當藉口跑到外面。

「假如兩邊都有動靜，或許會沒辦法靠差異判斷。我認為這是個好主意，可是這麼做的話，配置在保護對象周遭的護衛數量不是會變少嗎？」

「這點無須擔憂。只要用能力彌補數量即可。」

凱爾殿下會產生這個疑惑很正常，師團長豎起右手的食指接著說明。

萬能藥繼續放在屋裡，會用恢復魔法的人則離開屋內。

除了原本的成員，再留幾個跟我們一起來迦德拉的人幫忙戒備。

只不過，要派實力堅強的人保護會用恢復魔法的人。

這時的重點在於，他所說的會用恢復魔法的人在指誰。

團長和凱爾殿下知道我也包含在其中，對師團長的建議面有難色。

師團長卻在兩人反對前開口說：

「犯人應該會盯上最擅長恢復魔法的我吧。」

團長和凱爾殿下聞言，立刻閉上嘴巴。

原來如此。

要設定成這樣嗎？

讓我出國的條件，是要偽裝身分。

因此，「聖女」來到迦德拉一事並未公開。

收到信件前往迦德拉的，只有宮廷魔導師團的師團長和萬能藥。

剩下的人都是**師團長的**隨從或護衛。

斯蘭塔尼亞王國的人知道我的真實身分，但表面上是這個樣子。

就算不這麼做，師團長在斯蘭塔尼亞王國可是最懂魔法的名人。

不知道我真實身分的人，肯定想不到隨從竟然會使用高階的恢復魔法。
「即使犯人盯上的是你，也不能放你單獨行動吧？」
「我當然會跟隨從和護衛共同行動。嗯。實力堅強的護衛。」
團長提出忠告。
大概是猜到師團長會下達什麼樣的結論了。
可是，師團長似乎也沒忘記自己是我的護衛。
他暗示我和團長也會跟他一起行動。
之後大家又商量了一些事，結果沒人拗得過師團長。
於是，我們考慮過各種預防措施，決定實施師團長的計畫。

第五幕　搜查？

尋找寄件人目的的作戰計畫開始執行。

萬能藥留在屋內，我們則來到街上。

這次的計畫主角是師團長，但我也會跟去。

所以安全方面不成問題。

首先要安排護衛。

為了讓犯人方便行動，表面上的護衛只有團長一個。

不過主角師團長同樣技藝高超，一起同行的薩拉小姐好像也會護身術。

除此之外，還有幾個人躲起來保護我們，警備體制比想像中更加嚴密。

接著是安排目的地。

目的地由使節團成員決定。

經過調查確定安全無虞的店家，是在迦德拉人稱符屋的店。

師團長的願望大概也反映在其中。

所謂「符屋」的店，販售在迦德拉叫做「符咒」的道具。
符咒是在紙上用特殊墨水繪製圖案的道具，每個人都能使用。
還可以召喚火焰或水，昂貴的符咒甚至能提升物理攻擊力或魔法攻擊力。
啟動符咒時，需要將魔力注入其中。
光是這樣聽來，跟賦予魔力的道具一樣，不過也有不同之處。
符咒一旦用過，就不能再次使用。
此外，提升能力的效果在一定時間後就會解除。
這一點倒是跟靠魔法或料理提升能力一樣。
跟賦予魔力的道具極為相似的符咒，當然引起了熱愛魔法的師團長的興趣。
師團長從前來留學的天宥殿下口中得知符咒的情報，之前就決定如果有機會去迦德拉，一定要親眼看看。
看他這次指定要去符屋，由此可見尋找寄件人並非真正的目的。
順帶一提，聽說師團長和天宥殿下是在天宥殿下去宮廷魔導師團視察時認識的。
我知道天宥殿下逛遍了王宮內的研究所，沒想到他還去了宮廷魔導師團。
仔細一想就能接受，畢竟宮廷魔導師團裡有研究魔法的人，那裡也跟研究所差不多。
「就是這家店嗎！」

我們搭乘馬車來到符屋。
師團長走下馬車，帶著燦爛如陽光的笑容哼著歌，開心得彷彿要小跳步起來。
但他受過貴族教育，並不會真的這麼做。
搜查果然是次要目的。
對於意料中的發展，我不禁苦笑。
往旁邊一看，薩拉小姐也面帶苦笑。
發現我在看她的薩拉小姐轉過頭來看我，我們就像事先商量好似的同時瞇眼。
『歡迎光臨。』
由師團長帶頭，我、團長先生和薩拉小姐依序走進店內。
奧斯卡先生和梅小姐則因為不太擅長戰鬥的關係分頭行動。
奧斯卡先生去找食材，梅小姐則留在宅邸跟廚師學習迦德拉料理。
師團長將使節團成員給的信，交給招呼大家的店員。
那是介紹信。
店員接過信確認寄件人的身分後，笑咪咪地開口問：
「今天各位想找什麼樣的商品呢？」
看來這位店員會講斯蘭塔尼亞王國的語言。

他從迦德拉語切換成流暢的斯蘭塔尼亞語。
介紹這家店的人說，這裡不僅安全，要問符咒的問題也是最適合的。
因為這裡儘管並不是帝都最大間的店，但是品項很豐富，店員的接待也很好。
有關店員接待很好這點，有店員會講斯蘭塔尼亞王國的語言大概也包含在內吧。
對於想要打聽各種資訊的師團長來說，可謂無可挑剔。
「方便讓我看看店裡所有的符咒嗎？有認識的人跟我說這家店品項很齊全。」
師團長輕描淡寫地表示想看所有種類的符咒，店員便恭敬地帶他前往裡面的接待區。
之後透過他的自我介紹我才知道，這位好像是這家店的店長。
師團長坐在中間的位子。
我就知道。
早就料到了。
他嘴上說著搜查，其實非常期待來逛街。
自然會坐在中間。
跟在他後面入座，我坐在師團長左邊，薩拉小姐則坐在右邊。
本來我們應該要站在師團長後面才對。
可是因為我原本的身分，變得跟師團長坐在一起。

這件事出發前就先商量過了。
另外，由於團長是護衛，他站在我和師團長之間的後方。
店長帶我們入座後沒多久，就帶著其他店員拿來各種符咒。
從數量來看，他們搞不好真的聽從師團長的要求，把店裡販售的符咒都拿過來了。
在我錯愕的期間，店長不斷將符咒擺到師團長面前。
符咒是一張長方形的白紙。
形似貼在中國妖怪殭屍額頭上的符，只是顏色不同。
大小分成好幾種，看起來有固定規格。
只不過，上面的圖案每張都不一樣，墨水顏色也不盡相同。
「有的圖案不同，卻用了同樣的墨水呢。」
「是的。您左手拿的那張是用來製造水球的，右手那張可以讓水像雨一樣從天而降。」
「原來如此。仔細一看，圖案也有一部分相同。」
師團長拿起符咒，接連提出疑問。
他在聽店長說明的同時，大腦想必也在高速運轉。
不時會兀自點頭，彷彿想通了什麼。
不用搜查嗎？

擔心歸擔心，這個狀態下的師團長沒人阻止得了。
目前團長什麼話都沒說，所以應該不會有危險。
既然如此，機會難得，我也來仔細看看好了？
我這麼思考，將視線移到擺在眼前的符咒上。
聽說圖案是用特殊的墨水畫的，可是比起墨水，稱之為墨汁更貼切。
另外，不只大小，圖案的細節好像也有固定格式。
我有點在意，從擺放的商品中定睛凝視圖案複雜的符咒。店員發現我的舉動，將我在看的符咒遞了過來。
根據他的說明，這張符咒似乎是用來提升物理防禦力的。
聽說支援系符咒的價格普遍高昂，繪製難度高或許就是原因之一。
『符咒大小是固定的嗎？』
『沒有特別規定，我們的店會統一成方便使用的大小。』
讓店員用斯蘭塔尼亞語講話怪不好意思的，我便想著用迦德拉語跟他說話。
於是，店員也用迦德拉語回應我。
用想的就能講各國語言，還真是方便呢。
真的太感謝了。

不只店長，這位店員也很親切。

我感到疑惑，不小心問了非常基礎的問題，店員卻沒有擺臉色，耐心地回答我。

我高興得又問了許多問題。

聽說符咒是用紙和特殊墨水製作的，確實如此。

雖然紙張沒有任何特別之處，墨水則是繪製符咒用的特製品。

紙和墨水跟其他工房進貨，繪製符咒的則是這家店的工匠。

符咒上的圖案相當複雜，卻是用筆畫的。

由於要在固定大小的紙張上畫出精細的圖案，需要高度的技術。

圖案會配合效果而改變，說不定比記住藥水的配方還難。

製作中級以上的藥水時需要製藥技能，不曉得符咒是否也有那種技能呢？

我好奇地詢問，可惜答案是「不知道」。

既然不知道，或許簡單的符咒我也做得來。

我試著詢問有沒有相關書籍，好像有介紹簡單圖案的書。

前幾天收到的書中，沒有跟符咒有關的。

回家後問問看能不能幫我訂貨好了。

就這樣，在我和店員聊天的期間，師團長跟店長似乎也談完了。

結束得比想像中快，我猜是因為他想回家調查符咒。

證據就是師團長把每種符咒都買下來了。

店長笑得樂不可支。

每種符咒，跟店長他們剛才拿過來的量一樣多吧？

就算要帶回去，看起來會是很大的累贅。

咦？有幾種買了不只一張，以便調查？

還包含紙和墨水？

墨水當然也買了不只一種對吧？

我擔心我們乘坐而來的馬車是否放得下，店長提出令人感激的建議。

他願意幫忙把師團長買的商品送回家。

由於今天就會送到，想儘快著手調查的師團長也沒有意見。

我們向提供貼心服務的店長致謝，心滿意足地走出店門。

吁出一口氣後，我想起還要搜查。

這麼說來，搜查進度如何了？

我坐上馬車詢問，得到正經的答案。

「我雖然感覺到數人的視線，卻沒感覺到敵意。霍克團長有發現什麼異狀嗎？」

「有幾個人在觀察我們，除此之外沒有可疑人士。」

看不出來，師團長其實有在認真工作。

團長就不用說了。

然後薩拉小姐好像也有在觀察周遭。

「或許是因為我們的外貌比較特別，引來注目的是德勒韋思大人、霍克大人和我三人。畢竟沒發現有人在注意聖大人。」

如薩拉小姐所說，迦德拉比較多黑髮或棕髮的人，瞳色亦然。

縱使對我而言是熟悉的外貌，在他們眼中卻並非如此。

「聖有發現什麼嗎？」

「對不起，沒有……」

我不是完全沒在留意，但我對他人的視線不怎麼敏感，不可能發現得了異狀。

有種只有自己沒在工作的感覺，無地自容。

最後，我們得出沒有可疑跡象的結論，一帆風順地回到宅邸。

◆

我在自己分配到的房間，於書桌前振筆疾書。

在我將記在腦海的知識條列式寫下來以在忘記前整理好重點時，門外傳來呼喚聲。

跟我待在同一個房間的薩拉小姐前去應門。

她回來後跟我說，晚餐準備好了。

都這個時間了嗎？

看來不知不覺過了那麼久。

我邊按摩肩膀邊起身，與薩拉小姐一同前往食堂。

除了團長和師團長，凱爾殿下也在食堂。

我在門口跟薩拉小姐道別，獨自踏進其中。

薩拉小姐、奧斯卡先生和梅小姐好像要一起在別間房間吃。

我坐到團長為我拉開的椅子上，等所有人都入座後，晚餐紛紛端上桌來。

今天吃的似乎是斯蘭塔尼亞王國的料理。

最近一直在吃中式料理，我有點高興能換個風格。

我們邊吃邊談論今天在符屋發生的事。

凱爾殿下似乎也去過那家店，對興奮的師團長給予確切的回應。

用餐時聊的都是這種輕鬆的話題。

等到飯後喝茶時間，我們才進入正題。

「所以，你們那邊沒出問題嘍？」

「是的。頂多只是有人在監視。」

團長作為代表，向殿下報告今天外出發生的事。

從踏出家門到回家的這段期間，我們好像都被監視了。

師團長他們在馬車上提過有人在看我們，就是在指這個吧。

光是有人監視，我就覺得很可疑了，不過團長他們好像不這麼認為。

聽凱爾殿下說，由於使節團抵達迦德拉後也一直受到監視，說不定監視外國人在這裡是常態。

雖然拿這來比不太好，天宥殿下來斯蘭塔尼亞王國的時候也有人負責監視。

「主要好像集中在聖小姐以外的其他人身上。」

「聖小姐以外？為什麼？」

「同行者推測是因為聖小姐的外表比較接近迦德拉的居民。」

「唔嗯……被誤認成當地人了嗎？」

「有可能。」

薩拉小姐發現的事，也報告給凱爾殿下了。

大家普遍認為我沒有受到矚目的原因，是外表跟當地人無法區分。
聽見這個理由，凱爾殿下似乎也隱約可以想像。
「這邊有什麼動靜嗎？」
「嗯。除了監視人員，疑似有人企圖調查屋內的情況。」
嗯？這是很嚴重的事嗎？
從凱爾殿下面不改色的樣子看來，好像沒有急迫性的樣子。
大概是我一臉疑惑的模樣，凱爾殿下看著我幫忙補充說明。
雖說想調查內部，其實只是有人稍微來問話而已。
有人裝成平日就會進出宅邸的商會成員，想跟在這裡工作的人打聽情報。
至於想打聽的，當然是我們的情報。
話雖如此，對方並不是來打聽特定人物或萬能藥的情報。
而是像在閒聊似的詢問「好像有新人來了呢」、「是什麼樣的人」。
然後，這點程度可謂家常便飯。
因此今天毫無收穫。
也是，一天就能得到成果還比較稀奇，所以大家決定暫時觀察情況，結束這場報告會。

之後幾天都是平凡無奇的日常。

出境禁令仍未解除，手續始終沒有進度。

跟當初聽說的一樣，限制移動的區域變得更大了。

這段期間還查到了限制出境的理由。

繼續幫忙收集情報的天宥殿下，聯絡了凱爾殿下。

原因果然是竊盜事件。

既然禁令沒解除，代表東西還沒找到吧。

也沒查到關於寄件人的情報。

使節團附近也只有跟平常一樣的監視人員。

結果，那封信到底是基於什麼目的寄出的呢？

毫無變化的日子一天接一天，在我又開始好奇起來時，師團長有動作了。

「差不多該再去收集情報了吧？」

師團長在早餐時間突然宣言。

好幾天沒看到他了。

因為最近他一直窩在房間裡。

他好像在調查於符屋購入的大量符咒和墨水，鮮少踏出房間。

師團長看起來異常性感，為什麼呢？

是因為多了幾分頹廢的氣息嗎？

仔細一看，眼睛底下有著淡淡的黑眼圈。

這麼說來，有人說過這幾天師團長的房間直到深夜都還燈火通明。

原來如此，是睡眠不足啊。

「怎麼個收集法？」

「跟上次一樣到外面去，確認其他人有什麼動作。畢竟對方也沒有動靜。」

如師團長所說，我們無從取得那封信的新情報。

使節團的人都這麼努力了，依舊一無所獲，大家都在推測可能有高階貴族介入其中。

搞不好也跟我們不太外出有關。

說不定對方也企圖收集我們的情報卻無機可乘，才會陷入膠著狀態。

這是前幾天奧斯卡先生和我閒聊時說的。

師團長或許也有同樣的想法。

所以他才提議採取行動。

雖然我認為理由不只這一個。

「到外面？又要去符屋嗎？」

「這次我想去製作用來繪製符咒墨水的地方。」

奧斯卡先生用手撕著麵包詢問目的地。

看他第一個就提到符屋，奧斯卡先生也挺了解師團長的。

然而，師團長的回答出乎意料。

聽到師團長的回答，我不小心露出錯愕的表情。

話雖如此，這次要去的不是符屋。

為什麼要去跟之前不同的地方？

我隱約猜得到原因，卻還是問了一下。

本以為師團長會扯出一個冠冕堂皇的理由，他卻據實以報。

這幾天他閉門不出，果然在調查符咒。

調查過程中，他發現用在符咒上的墨水，原料跟用來賦予魔力的核是同樣的東西。

「同樣的東西，意思是墨水的原料是礦物嗎？」

「嗯。好像還有包含其他材料就是了。」

「其他材料是什麼？」

「主要原料疑似是明膠。除此之外還有別的，但我看不出來是什麼。」

「所以您才想去看墨水的製作過程？」

「是的。只要跑一趟製作墨水的工房，就能知道用了哪些材料吧？」

「是沒錯……」

師團長說得對，去工房應該就能知道原料是什麼。

不過，這種事會跟外人說嗎？

感覺就是商業機密……

儘管心存疑惑，師團長的意見確實有道理。

不知道寄件人的目的還放著他不管並不好，團長和凱爾殿下也都同意。

可以理解任時間白白流逝太過可惜。

不知道出境限制何時會解除而無所事事地度日，我也靜不下心。

而且，雖然應該比不上師團長，我同樣捨不得浪費時間。

所以，我能體會他忍不住想做些什麼的心情。

即使大家的意見不盡相同，商量過後，這次同樣採用了師團長的計畫。

然後跟上次一樣，在確保安全無虞的前提下前往墨水工房。

◆

師團長提出建議的一週後，我們動身前往墨水工房。

幹勁十足的師團長提供了附魔道具給使節團成員，所以短短一週就調查完安全性了。

道具由師團長親手製作，效果自然有保障。

之前天宥殿下造訪斯蘭塔尼亞王國時，他為我製作了賦予妨礙辨識魔法的寶石，這次他好像還製作了強化版。

當時我只有跟他提過，可以用魔法讓人難以辨識從蕾絲縫隙間窺見的髮色和容貌，沒教過他消除氣味和腳步聲的技術呀……

得知師團長發明那種東西後，我有點後悔自己是不是不小心教了非常危險的技術給他。

或許是使節團從他的行為感覺到師團長希望大家有效率地進行調查。

調查進度快得嚇人。

前來通知我們目的地已經決定好的成員，看起來比之前更加憔悴，應該不是錯覺。

我們按照慣例，搭乘馬車前往墨水工房。

我稍微挪開車窗上的遮陽板欣賞窗外的景色，整齊的街景慢慢變得雜亂。

工房所在的地區，比使節團的據點和符屋附近更有庶民氣息。
即所謂的工商區。
據點和符屋附近的道路寬敞得能讓馬車通過，不過越靠近工房，道路就變得越狹窄。
聽使節團的人說，工房前面的路窄到只能讓一輛小型馬車通行。
我們坐的馬車不可能進得去，只好在前面下車，途中開始用走的過去。
這種建築形式叫做町屋嗎？
工房是窄小細長的兩層樓建築，周圍有好幾棟類似的建築物緊密相連。
工房師傅和學徒們在門口等我們，可能事先接獲了通知。
『你好。我們是今天預約要來參觀的斯蘭塔尼亞王國的人。』
『歡迎各位。』
與去符屋的時候不同，工房裡沒人會講斯蘭塔尼亞語，便由我負責翻譯。
第一次做隨從該做的工作。
師傅是黑髮中帶有幾撮白髮、褐色眼睛，身高不高卻體格強壯的中年男子。
我作為代表跟他打招呼，師傅姑且對我們表示歡迎。
態度卻不怎麼友善。
有種不耐煩的感覺。

好吧，畢竟我們突然說要來訪，又不是客人，被用這種態度對待也無可奈何。
至於學徒，大家的視線都集中在師團長臉上。
看來就算國家不同，師團長的美貌仍舊威力無窮。
還有人臉紅了，我有點擔心那位少年的未來。
「想看墨水的材料」這個要求好像已經事先知會過了。
工房師傅招呼完我們後，立刻走進工房，拿出許多東西給我們看。
『這些就是材料。』
「他說這些就是材料。」
「有很多種呢。」
我將師傅的說明翻譯給其他人。
同步口譯實在有難度，所以花了一些時間。
不過師傅大概顧慮到我的難處，並沒有催我。
太感激了。
師傅指向放滿陶瓶的櫃子。
打開蓋子一看，裡面裝著七彩的粉末。
粉末似乎是由礦物研磨而成。

他所介紹的礦物中，也有我知道的種類。
師團長聽過的東西或許也很多，每當介紹名字便頻頻點頭。
師傅接著拿出明膠和香料。
明膠是將動物的皮拿去水煮後提煉出來的東西，經常用來當黏著劑。
香料則可以消除明膠氣味的樣子。
是為了將礦物粉末固定在紙上才加入明膠的嗎？
這部分師傅沒有提到，至今仍是謎團。
介紹完材料後，師傅接著說明作法。
製作過程分成好幾個階段，學徒們會分頭工作。
首先從融化明膠開始。
用水加熱凝固的明膠，將其融化。
一名學徒站在火爐前，將裝滿明膠的鍋子放進大鍋隔水加熱。
下一個步驟是混合材料。
把礦物粉末和水加進融化的明膠內混在一起。
混合完畢後再加入消除氣味用的香料攪拌均勻。
到這個階段，材料就會變成一塊餅狀墨團。

第三個步驟最為重要。

這時候要不停搓揉第二個步驟做出來的墨團。

好像要揉一小時左右。

什麼時候停手，要憑藉長年訓練出來的直覺判斷。

難怪要由較為年長的學徒負責。

看到在揉墨團的人，我明白了箇中原因。

最後一個步驟是成形。

將揉好的墨團分成小塊，放進木頭模具壓製成形。

再將成形的墨塊風乾、打磨，就完成了。

『這就是做好的墨塊。』

「師傅說，這就是做好的墨塊……」

「我之前聽說的是墨水，這是……」

師傅給我們看的，是手掌大小的四方形固體。

之前聽說的是墨水，但這怎麼看都是墨塊。

顏色不只黑色，還有紅色和藍色。

師團長也出乎意料。

他睜大眼睛，凝視四方形固體。

『請問這是墨塊嗎？』

『難道看起來像其他東西？』

『不是的，因為我之前聽說是墨水，有點驚訝……』

『妳說的墨水是異國的墨汁嗎？那是液體嘛。』

我感到好奇而進一步詢問，成品確實是墨塊。

在師傅心中，墨水似乎是異國的墨汁，所以天宥殿下之前跟師團長說明時，才會翻譯成墨水吧。

這樣的話，使用時會跟寫書法一樣，把水倒進硯臺磨墨嘍？

我詢問師傅，他便一臉疑惑地點頭表示肯定。

我將使用方式轉告看著我和師傅交談的其他人，有人解開疑惑，有人感到佩服。

大致說明完後，進入提問時間。

師團長如魚得水，對師傅提出一連串問題。

隨著問題的專業程度上升，起初態度冷淡的師傅也變得有活力起來，剛見面時的那副模樣彷彿是騙人的。

這種感覺之前也看過……

克勞斯納領的製藥師傅的面容閃過腦海。
我拚命翻譯滔滔不絕的對話，師團長不知何時捲起了袖子。
我只顧著翻譯，最關鍵的內容大多沒留在記憶中。
咦？怎麼了？
要幹嘛？
他好像是說想練習揉墨團？
在我回憶不久前的對話片段時，師傅和師團長移動到第三道步驟——揉墨團的工作場。
我急忙跟過去，師傅將單手就拿得動的暗紅色墨團放到自己和師團長面前的工作臺上。
然後一面說明，一面揉起面前的墨團。
看到師傅的動作，師團長也把手伸向師傅分給他的墨團開始搓揉。
『要在揉墨團的同時賦予魔力。』
「原來如此，要在這個階段賦予魔力……唔嗯，賦予墨團的是純粹的火屬性魔力嗎？」
『哦！你挺有天分的嘛。』
剛才師傅只說要用手揉，原來還要賦予魔力呀。
師團長豐富的知識似乎融化了師傅冰冷的心，他說明得比剛才更加詳細。
至於師團長，他光看就明白了，用不著說明。

他沒有透過我翻譯，有樣學樣地搓揉墨團，師傅見狀笑著稱讚他。
聽師傅說，這個步驟第一次就能做好的人屈指可數。
對師團長而言，賦予魔力可謂小菜一碟吧。
因為賦予魔力所需的操作技術，他可是國內第一。
『差不多可以了。』
「好了。」
師傅喊停的同時，師團長也宣布收工。
看到揉好的墨團，師傅和師團長都露出燦爛的笑容。
想必是得意之作。
看到師團長揉好的墨團，師傅滿足地點點頭。
『方便讓他仔細看看嗎？』
『仔細看看？是可以……』
師團長拿起自己揉的墨團從各個角度觀察，要求看得更仔細一點。
我將師團長的要求翻譯給師傅徵求許可，師傅雖然面露不解，還是同意了。
我將此轉告師團長，接著師團長對墨團使用鑑定魔法。
「『鑑定』。」

『怎麼回事！』

聽見他想要仔細看看的時候，我們就猜到了，對師父來說卻是意想不到的發展。

看到魔法發動，他嚇得驚呼。

師傅好像沒看過鑑定魔法，聽完我的說明，他更驚訝了。

他驚訝成這樣令我感到疑惑，問了一下原因，得知驚人的事實。

斯蘭塔尼亞王國很少人會用鑑定魔法，迦德拉則更少的樣子。

師傅告訴我，迦德拉的居民中會用鑑定魔法的人，只存在於皇帝居住的宮殿。

居然這麼少嗎！

「在我們的國家，聽說大型商會就找得到會用的人……」

「這麼罕見的話，說不定是為了避免被皇帝召進皇宮，刻意隱瞞身分。」

「噢，是有這個可能。」

有關人們能使用鑑定魔法的問題，團長似乎也很意外。

不過如同薩拉小姐所說，可能是躲起來了。

斯蘭塔尼亞王國也有類似的事，例如藏身於商會中的優秀藥師。

師團長則泰然自若，跟震驚的我們形成反差。

聽見師傅那番話，他點點頭，好像想通了什麼。

或許是發現了我們沒察覺到的某些情報。
初次看到鑑定魔法的師傅興奮不已，拜託師團長用鑑定魔法看遍工房裡的材料。儘管有這一段插曲，之後的時間並未發生什麼意外。
然後，等到師團長心滿意足之後，我們便離開工房。

◆

從墨水——更正，從墨汁工房回來的當晚。
跟去符屋的時候一樣，大家召開了報告會。
什麼東西的報告會？
當然是確認有沒有能推測出寄件人目的的動靜報告會。
結果還是一樣。
可惜沒發現什麼期待的動靜。
儘管我們為了打破膠著狀態而再次踏出屋外，卻毫無收穫。
只看得見原本就有的監視人員。
為什麼犯人沒有動靜呢？

難道寄件人在那些監視人員之中？

只是默默觀察且沒有其他動作，是因為對方也收集不到所需的情報嗎？

簡單地說，就是時機尚未成熟？

令人在意的問題越來越多，至今仍未發現解決方式。

出境限制還沒解除，也沒查到那封信的新情報。

每次都提議外出的師團長，也因為找到新玩具——墨汁材料——的關係窩在房間裡不肯出來。

既然如此，我也用不著勉強外出，繼續待在屋內即可。

於是，我每天都在房間看書，有一天被師團長叫了過去。

他有事想找我幫忙。

他沒告訴我詳細情況，不知道是什麼事。

我和陪我一起來的薩拉小姐懷著疑惑，前往師團長指定的房間。

走進房間，最先注意到的是大量的雜物。

書、數不清的紙張、內容物不明的木箱等，裡面放著一堆物品。

特別值得一提的應該是放在房間中央大桌上的東西。

從中間到右邊放著裝滿七彩粉末的小瓶子、裝著液體的瓶子、泡在水裡的明膠、水壺和大小不同的鍋子。
鍋子旁邊的箱子是什麼呀？
有看起來像爐架的東西，會是火爐嗎？
先不管箱子，其他東西跟之前去過的工房裡的用品一模一樣。
「不好意思，勞煩妳特地跑一趟。」
「沒關係，反正我也只是在房間看書。」
在我專注地看著桌上的東西時，師團長開口與我攀談。
我移開視線望向師團長，迎接我的是豔麗的笑容。
看起來比上次閉關出來時健康。
畢竟眼睛底下沒有黑眼圈。
儘管看起來有點累，卻不損他的美貌。
「聽說您有事找我幫忙，我該做些什麼？」
「我要做實驗，所以想請妳協助。」
「實驗？」
「是的。我想試著製作符咒。」
看來師團長想自己製作符咒。

要幫忙可以，不過我要怎麼幫忙？

我提出疑惑，師團長請我製作墨水，因為說不定會用掉很多。

他想專注在製作符咒上。

聽到他要我做墨水，我的視線被桌上的東西吸引過去。

桌上放著在工房看過的墨塊材料。

在工房聽過說明的師團長，應該知道墨塊和墨水的差異才對。

他卻一直用墨水稱呼它，為什麼呢？

不會是搞混了吧？

「是墨水嗎？不是墨塊？」

「是的。我想請妳做的是墨水。」

我感到疑惑而重新確認一遍，師團長要我做的是墨水沒錯。

我進一步詢問詳情，他分享了這幾天的研究成果。

製作墨塊最關鍵的步驟，是一面搓揉成塊的材料一面賦予魔力這個部分，最重要的材料則是礦物的粉末。

賦予在這個礦物上的魔力跟畫在符咒上的圖案是一組的，會發揮跟賦予魔法用的核同樣的效果。

明膠只是拿來將礦物黏在紙上。
考慮到這一點，師團長認為未必要做成固體。
墨塊會先經過一次乾燥的程序讓其凝固，以便保存。
所以使用時要加水用硯臺磨墨。
可是，假如要立刻使用，是不是可以省略這個步驟？
師團長注意到這件事，親手製作尚未凝固的墨塊——即所謂的墨汁，試著畫了符咒。
結果墨汁也能順利做出符咒。
「難怪您說的是墨水，而不是墨塊。」
「是的。因為我想請妳做的是液體嘛。」
師團長似乎將固體稱為墨塊，液體稱為墨水。
我心想：「是墨汁才對吧。」但現在沒必要拘泥在這個上。
思及此，我點頭同意師團長的說法。
討論出結論後，他接著開始跟我說明墨水的製作方式。
他在試作符咒用墨水的過程中，也確立了作法。
他把礦物粉末跟融化的明膠混合在一起注入魔力。
僅此而已。

雖然非常簡單，但有個問題。
由於墨水不方便先做好擺起來放，無法大量製造。
為此才會把我找來。
「那麼開始吧。先從這個步驟做起。」
隨著師團長的一聲令下，我們著手製作墨水。
在好幾個小瓶子中，師團長選擇的是賦予支援系魔法使用的礦物。
跟賦予魔法時一樣，能做的墨水種類也會視製作者擁有的屬性魔法技能而定。
只有聖屬性魔法技能的我，只做得出用來製作支援系符咒的墨水。
師團長邊說明邊取出少量的礦物粉末放到小盤子上，加入一匙裝在瓶子裡的液體。
裡面裝的好像是融化的明膠。
明膠沒辦法一下就融化，所以他事先準備好了。
不夠的話還有固體的明膠可以用，師團長叫我到時再做新的。
我用手指混合放在小盤子裡的材料。
雖然要在這個階段注入魔力，魔力相當難纏。
製作墨水時注入的魔力，必須是明確的聖屬性魔力。
「嗯——？」

「怎麼了？」

「總覺得沒有反應。我真的有把魔力注入進去嗎？」

「有是有，但不是聖屬性魔力。」

我在混合材料時注入魔力，感覺不到跟賦予魔法時一樣的手感。

在我疑惑自己是否做對時，師團長乾脆地斷言。

我的作法跟製造藥水時並無二異，注入其中的魔力卻不是聖屬性。

師團長接著跟我詳細說明，聖屬性魔力似乎要刻意去想才能注入。

跟賦予魔法時一樣。

雖說如此，我賦予魔法的時候從來沒有特別去想著要注入聖屬性魔力。

大概是我用魔力照射核的時候，會想到要賦予道具的效果，自然而然就成功了。

製作藥水和賦予魔法注入的魔力竟然不同，我現在才知道。

儘管沒有手感，既然失敗了，只好丟掉現在使用的材料，用新的材料重新挑戰。

這次我想著要賦予聖屬性魔力來注入魔力。

接著指尖瞬間微微發熱，很快就恢復原狀。

「成功了嗎？」

「『鑑定』。這次成功了。」

我將手指從小盤子上移開後窺看，師團長便用鑑定魔法幫我檢查。
看來這次沒有問題。
「那麼，可以請妳照這個方式製作墨水嗎？」
「好的。」
確認我順利做出墨水後，師團長單手拿著做好的藥水走到桌子對面。
桌子的中間到左邊放著好幾本書，以及繪製符咒要用到的紙筆。
師團長坐到椅子上打開書。
我側目看著他，繼續動手製作墨水。

◆

我一面觀察師團長，一面默默製作藥水。
不需要做藥水的時候，就看手邊的書打發時間。
這間房間裡的書，好像統統跟符咒有關。
我從講解基本知識的書籍看起，內容非常有趣，很適合拿來消磨時間。
做第三次墨水的時候，薩拉小姐也來幫我的忙。

她將礦石粉末和融化的明膠分到小盤子中，還幫忙融化快要用完的明膠。
我只需要混合由她準備好的材料並注入魔力。
我真的有在做事嗎？
總覺得薩拉小姐的工作量比較大，我對此存疑。
第二次做墨水的時候雖然成功了，之後又失敗了好幾次。
師團長說，失敗的原因在於我幫作為材料的礦物賦予了魔法，而非魔力。
因為我腦中在想：「之前我為這種礦物賦予了這種效果呢。」
不小心賦予魔法時會明顯知道自己失敗了，跟注入一般的魔力時不同。
手指會竄過一陣衝擊。
我被衝擊嚇得講不出話的次數多到數不清。
想到浪費掉的那些材料，我的心就有點痛。
在我們做墨水的期間，師團長看著書默默製作符咒。
我望向放在桌上晾乾的符咒，有的圖案相同，有的則不一樣。
師團長好像做了各種符咒，而不是只有一種。
是不管三七二十一，先按照書上的順序製作嗎？
不時聽得見他在使用鑑定魔法，或許是每畫一張就在檢查效果。

「聖小姐做的墨水，效果果然很棒。」

我心想：「師團長的實驗進行得挺順利的嘛。」而待在旁邊看書，聽見一句恐怖的話。

我做的墨水怎麼了？

我以彷彿會發出嘎吱聲的速度轉頭望向聲音來源，師團長托著下巴凝視畫好的符咒。

他察覺到我的視線，回望我微微一笑。

「我做的符咒跟書上的效果有差異。」

「噢。」

「我試著用市面上的墨水製作符咒，效果跟書上寫的一樣。」

聽見市面上的藥水，我望向師團長手邊，那裡放著硯臺和墨塊。

硯臺中的墨汁看起來跟墨水顏色相同，因此應該是同種礦物製造的。

他什麼時候拿出來的？

比起那個，更重要的是「差異」一詞。

再加上前一句話的「效果很棒」，是很熟悉的那個沒錯吧。

增強五成的魔咒。

想不到連做墨水都會發揮效力……

上次像這樣被迫面對，是什麼時候了？

我看著遠方，臉頰抽搐。
在我逃避現實的期間，師團長給了我最後一擊。
實際上，用我做的墨水繪製的符咒，效果好像高達書上的一・五倍。
如我所料。
然後這段插曲發生的不久後，師團長要求更換墨水種類。
他接著指定的，是賦予等級更高的支援系魔法時用到的礦物。
既然如此，等等要做的符咒說不定也會比之前的更高級。
我用師團長指定的礦物製作墨水，發現需要比之前更多的魔力。
是因為材料等級提升了嗎？
話雖如此，跟我的最大ＭＰ比起來，可謂微不足道。
製作過程相當順利。
師團長畫的符咒，圖案也變得越來越複雜。
我試著問了一下，效果果然比剛開始那幾張更高級。
或許是因為這樣吧。
使用鑑定魔法的聲音間隔越來越長。
師團長的聲音徹底消失後，不知道過了多久。

我從用來打發時間的書上抬起頭，與同樣在看書的薩拉小姐四目相交。
薩拉小姐似乎也很好奇。
我們紛紛點頭望向師團長，他拿著筆陷入沉思。
要叫他嗎？
現在叫他會不會打擾他呢？
我有點煩惱，最後還是決定要找他說話。在我吸氣時，師團長的手動了。
他毫不猶豫地振筆疾書，剛才的停頓簡直像裝出來的。
接著畫完符咒後，師團長吁出一大口氣，一副大功告成的樣子。
他用鑑定魔法確認符咒的效果，面露苦笑。
看起來並不滿意。
難道失敗了嗎？
「畫好了嗎？」
「畫是畫好了，效果卻不符合我的期待。」
我提心吊膽地詢問，師團長面不改色地回答。
效果不符合期待？
意思是失敗了嗎？

效果沒有書上寫得那麼好吧?

我正想更進一步提問,師團長將魔力注入剛畫好的符咒。

符咒一瞬間發出白光,熟悉的感覺竄過全身。

「是提升防禦力的效果嗎?」

「是的。看來對妳也有效。」

剛才的感覺跟施展提升防禦力的魔法時一樣。

但感覺更加微弱,應該沒多少效果。

……嗯?

「您是不是說了『也』?」

我察覺異狀,向師團長確認,師團長點了點頭。

他說剛才用的符咒具有廣範圍的效果。

難怪對我也有效。

我解開了疑惑,師團長向薩拉小姐確認是否也對她有效。

答案似乎是肯定的,師團長聽完回答,點著頭拿起手邊的紙做筆記。

跟剛才用來畫符咒的是同一支筆,這樣沒問題嗎?

我有點擔心,最後決定不要吐槽。

既然師團長並不介意，大概沒問題吧。
「話說回來，原來符咒也有廣範圍效果的。」
「是啊。我參考能夠在一定範圍內灑水的符咒試作了一下，似乎成功讓它帶有廣範圍的效果。」
還以為是原本就有的種類，師團長這個說法卻不太對勁。
參考其他符咒試作？他該不會發明了新的符咒圖案吧？
「那不是書上的圖案嗎？」
「是啊。書上記載圖案的試作組合版。」
我有股不祥的預感，師團長若無其事地點頭回答。
雖然他肯定我的疑問，以既有的圖案組合成新圖案來說，已經可以歸類為新圖案了吧？
對師團長而言，或許只是把圖案組合在一起就是了……
聽見這段對話，薩拉小姐也驚訝得合不攏嘴。
「不好意思，可以對妳使用鑑定魔法嗎？」
「咦？好的。」
「『鑑定』……提升率滿平均的。就算把三人份的上升值加在一起，也比不上對單人施放的上升值……」

在我們愣住的期間，他對薩拉小姐使用了鑑定魔法，調查各種資訊。
從他自言自語的內容判斷，把單人效果的符咒改造成範圍效果的話，效果疑似會減弱。
莫非就是因為這樣，才沒有廣範圍的支援系符咒嗎？
若是如此，師團長做的符咒說不定也早就存在，只是故意不寫在書上。
數日後，我將得知自己的想法太過樂觀了。

幕後

時間回溯到聖一行人抵達迦德拉的時候。

一大清早，斯蘭塔尼亞王國使節團位於帝都的據點接獲一則情報。

「非常抱歉，打擾您用餐了。」

身為大使的第一王子凱爾正在吃早餐的時候，一名使節團成員帶著報告來訪。

竟然選在用餐時間來報告，凱爾意識到必須立刻採取應對措施，暫時停下吃飯的手，專注在這段對話上。

「什麼事？」

「是來自田岡的消息。德勒韋思師團長似乎從王國過來了。」

「德勒韋思師團長？」

田岡是離帝都最近的港都，聖他們搭乘的船隻就是從這裡入港的。

那裡是開放給外國人的港口，凱爾一行人也是經由田岡進入帝都。

可以理解斯蘭塔尼亞王國的人將從田岡入境。

可是，宮廷魔導師團的師團長尤利親自前來，就令人費解了。
尤利在斯蘭塔尼亞王國是頂尖的戰力，同時也是保衛國家的關鍵人物。
除非要開戰，否則很難想像他會離開斯蘭塔尼亞王國。
而且斯蘭塔尼亞王國現在還有鮮少現身的「聖女」。
不保護關鍵時期甚至可能比國王更重要的「聖女」跑來迦德拉，只可能是發生了什麼重大事件。
因此，前來通報的人自不用說，凱爾聽了也面露疑惑。
他想著尤利不能離開斯蘭塔尼亞王國的理由，覺得事有蹊蹺。
不能離開國家的人竟然離開國家的理由。
反過來想就會發現很簡單。
自己想到的可能性，令凱爾的視線稍微動搖。
「有人陪同嗎？」
「有的。兩位隨從及一名擔任護衛的騎士，除此之外似乎還帶了幾個人。另外，民間商會的成員也有同行。」
凱爾努力故作鎮定，詢問傳令員。
而那些人當中，並沒有他推測可能會跟來的成員。

儘管如此，凱爾覺得這反而證明了自己的猜測是對的。

（想避免危險的話，有可能隱瞞消息。）

國家頂尖的戰力帶著護衛並不自然，假如他想像中的人物也來到迦德拉，護衛數量多再正常不過。

看到凱爾越來越確信的表情，傳令員好像也想到尤利是與誰一同前來了。

只不過他依然覺得可能性不大，平常冷靜沉著的他，如今明顯表現出困惑。

結果，凱爾真的猜中了。

他接獲尤利一行人抵達宅邸的消息走到門口迎接，發現聖也待在尤利的身後。

「辛苦各位遠道而來。」

一看到聖，凱爾就全身僵硬。

王族的矜持幫助他勉強維持住表情，卻藏不住緊張的情緒。

跟尤利打招呼的聲音也有點顫抖，幸好沒人發現。

凱爾這麼緊張的原因，在於他過去引發的騷動。

他堅信藉由「聖女召喚儀式」召喚出來的其中一人愛良是「聖女」，在眾目睽睽之下稱呼聖為假冒者。

假如他在聖剛被召喚過來的時候引起騷動，還可以視情況減輕罪責。

可是那個時候，聖已經立下於魔物討伐任務的過程中用魔法治療傷患、成功淨化由瘴氣凝聚而成的黑色沼澤等諸多功績，不少人都承認她是「聖女」。

所以，凱爾因為對地位跟國王同等的「聖女」不敬，受到國王嚴厲的斥責。

為什麼聽不進其他人說的話，深信愛良是「聖女」呢？

如今回想起來，他真是太年輕了。

儘管如此，當時的凱爾即使遭到國王嚴斥，始終無法反省。

最近他才漸漸有辦法冷靜回顧那段往事。

由於國王禁止他接觸聖，在那起騷動後，兩人還是第一次見面。

凱爾尚未跟聖道歉，突然見到她，當然會感到愧疚。

但她疑似是隱瞞身分前來，總不能在這邊跟她道歉，讓自己卸下重擔。

凱爾轉換心情，決定先帶一行人進屋，卻發現尤利他們的反應不太對勁。

看到凱爾，有人嚇了一跳，有人陷入沉思。

或許發生了某種異常事態。

凱爾心存疑惑，不過在會被其他人看見的大門口講話，可能不太方便。

他迅速下達判斷，簡單問候作為代表的尤利，立刻催促一行人進到室內。

凱爾邀請尤利、聖和艾爾柏特一同進入會客室，以探聽情報。

照理說，應該讓收集情報是任務之一的特務師團成員奧斯卡也一同參加，不過由於有一些不便之處，他決定之後再找機會跟他談。

奧斯卡目前隱瞞身分擔任聖的護衛，表面上是商會的成員，因此出現在會聊到政治的場合並不自然。

凱爾支開其他人、等到會客室只剩下他們四個後，馬上提出懸在心上的疑惑。

他的精神緊繃到沒心力跟平常一樣慰勞遠道而來的一行人。

因為凱爾應該談話的對象──地位最高的人──是聖。

他最先詢問的是尤利他們造訪迦德拉的理由。

這個問題一問出口，聖就露出難以形容的複雜表情。

為什麼要露出那種表情？

凱爾還沒向她道歉，聖對他的印象差到無藥可救也是無可奈何，難道她對凱爾厭惡到連話都不想跟他說嗎？

聖的反應固然令人在意，凱爾很快就無暇顧及這點小事。

他得知尤利一行人來到迦德拉，是因為有人瞞著擔任使節團大使的凱爾，寄了一封緊急信件給斯蘭塔尼亞王國。

得知詳情後，凱爾內心的不安變得更加強烈。

越聽越覺得，那封偽造的書信是某人用來引「聖女」或萬能藥過來。

究竟是誰寄的？

他感到疑惑，可是光憑現有的情報，難以鎖定人選。

話雖如此，坐以待斃也很愚蠢。

要先把力所能及之事做好，於是凱爾決定優先確保聖的人身安全。

於是，儘管對期待觀光的聖不太好意思，他還是建議一行人直接回國。

可惜事與願違。

迦德拉發布了帝都周邊的出境禁令，彷彿看穿了凱爾他們的動向。

時機真的太巧，凱爾接獲通知時，瞬間懷疑起這會不會是用來把「聖女」和萬能藥留在帝都的伎倆。

不過，聽到其他人認為還不能確定是有意為之抑或巧合，他立刻改變想法。

先下達結論再採取行動，有多麼危險。

只要回想自己過去引發的騷動，凱爾再清楚不過。

於是，此刻他命令其他人分頭調查那封信和出境禁令的情報。

寄到斯蘭塔尼亞王國那封信的調查進度比想像中快。

因為蓋在封蠟上的印章成了線索。

凱爾在忙著調查出境禁令的期間，抽空將主要成員召集到用來當辦公室的房間。目的是報告調查進度。

辦公室內除了凱爾和隨從，還有在使節團負責率領調查隊的成員，以及尤利、艾爾柏特與奧斯卡。

話題的中心人物——印章的主人當然也在場。

「他就是印章的主人？」

「是的。」

印章主人是使節團的子爵。

他也聽到各種風聲了。

子爵面無血色，還在瑟瑟發抖，大概在想像之後會受到什麼樣的懲罰。

站在辦公桌旁邊的隨從回答了凱爾的問題，子爵便將身體縮得更小。

「信是這個人寄出的嗎？」

「不。我向當事人確認過，他沒有印象。」

「那麼，為何封蠟上會蓋著此人的印章？」

「不久前，他似乎把印章搞丟了。」

子爵已經被審問過了，因此凱爾接下來的這個問題，也由隨從回答。

據隨從所說，子爵在信件寄出日的前幾天發現印章遺失了。
印章不僅能證明身分，還能讓文件帶有法律效力，是非常重要的物品。
其他人光是知道你遺失印章，就會被視為管理能力不佳，淪為笑柄。
若是在王宮工作的人，甚至足以影響升遷機會。
為此子爵才沒有告訴任何人，而是獨自找遍可能弄丟印章的地方。
「還沒找到嗎？」
「是的。當事人似乎也一直在找，但至今仍未尋獲，目前已經加派人手搜尋了。」
此事曝光後，使節團的人也跟著幫忙尋找印章。
考慮到拾獲者可能會把印章拿去賣，他們還私下跟商會確認過。
可惜搜索人員才剛增派，尚未收到找到印章的消息。
用在信上的印章恐怕是真的。
而且很可能還在寄件人手中。
得知子爵本人搜索時也沒問到跟印章下落有關的有用情報，辦公室的人都如此心想。
「弄丟印章會是巧合嗎？」
「你的意思是？」
奧斯卡托著下巴喃喃地說。

聖不在場，因此他今天是作為擅長收集、分析情報的特務師團參加。
聽完事情經過，浮現腦海的想法脫口而出。
而凱爾聽到他那句自言自語。
奧斯卡將他認為並非巧合的理由告訴凱爾。
「考慮到犯人用印章寄了信，我認為也有可能是被偷走。畢竟是在那種場所弄丟的。」
「那種場所？可能性最高的是酒館嗎？」
「聽說是。酒館有各式各樣的人出入，出現面生的人也不會不自然，正適合偷印章。」
奧斯卡的推論在場全員都想到過，還有人邊聽邊點頭。
遺失印章的前後幾天，子爵在宅邸工作。
唯一去過的地方，就是凱爾說的酒館。
子爵本來就對飲食文化有興趣，在迦德拉去過各處的餐廳。
眾多店家中，凱爾提到的酒館因為便宜又好吃而為人所知，是子爵的愛店。
再加上那家酒館走庶民路線，子爵去過好幾次，最近還會跟店長聊起來。
不只餐點，還有提供酒類，只是奧斯卡沒有提到。
子爵從未喝得爛醉，但他最近習慣店裡的氛圍了，自然會有喝到判斷能力比平常低落的時候。

比起清醒的人，想從喝酒的人身上偷東西並不難。
站在這個角度來看，倘若犯人盯上他的印章，酒館可謂最適合下手的場所。
實際上，疑似弄丟印章的那一天，被女店員勸酒的子爵不小心有點喝過頭，回到宅邸時連路都走不穩。
隔天早上他才發現印章遺失了。
這也是他不敢告訴其他人的理由之一。
「假如是被偷走，找到的可能性很低。」
「是的。我們會繼續搜索，可是考慮到被偷走的可能性，我想調查一下子爵身邊是否有可疑人士。」
隨從提出今後的行動方針，凱爾點頭贊成。
倘若犯人原本就打算行竊，印章如今理應還在對方手中。
成功尋獲的可能性極低。
所以凱爾決定採納隨從的建議，今後以印章遭竊為前提，專心尋找用印章寄信的人。
討論到一個段落時，凱爾馬上宣布解除子爵的使節職位，日後跟聖他們一起送回斯蘭塔尼亞王國。
在聖一行人回國前，子爵將被限制行動，軟禁於屋內。

一方面是為了處罰他遺失印章，被人拿去偽造信件，同時也是為了保護他的人身安全，避免印章又被拿去偽造身分。

「現狀如上。還有許多尚未明瞭的部分，麻煩各位繼續調查。」

「「「遵命。」」」

隨著凱爾一聲令下，跟信件有關的話題到此結束。

於是，眾人離開辦公室，再度繼續分頭調查。

情境式廣播劇腳本

腳本：えいとえふ

監修：橘由華

※本腳本是於二〇一八年十月公開的情境式廣播劇〈接送約會〉、〈野餐意外！〉，以及小說第三集限定公開的〈要當送女性回家的惡狼……嗎？〉的腳本。部分內容與實際的廣播劇有所出入。

1 接送約會

在外面走路。

艾爾柏特獨白

呼……一想到今天是跟她一同出遊的日子，就不小心起得比平常還要早。

儘管我們約好下午才要見面，還有一些時間……機會難得，去接她好了。

艾爾柏特獨白

不對，突然跑去應該會嚇到她。

可是，有點想看看她嚇到的樣子……不知為何，看到她變化多端的表情，我的心情也會跟著變好……

艾爾柏特獨白

好，現在這個時間她應該在研究所工作才對。去看看吧。

敲門聲響起，接著傳來開門的聲音。

艾爾柏特　「不好意思，我可以進去嗎？」

實驗器材的碰撞聲。

手忙腳亂的研究室音效。

艾爾柏特獨白　唉呀，她看起來好忙。難得看到她這麼慌張的樣子……

艾爾柏特　「妳今天好像特別忙。」

器材碰撞的巨響。

聖因為艾爾柏特突然來訪，驚慌失措的音效。

艾爾柏特　「噢，抱歉，突然跑來找妳。我沒有要嚇妳的意思，可以不用那麼緊張。

純粹是因為空出一些時間，才會提早過來，妳繼續工作就好。」

艾爾柏特獨白

桌上擺著好幾瓶藥水……約翰那傢伙真是的。就算她很優秀，未免塞太多工作給她了吧……

一句話都沒抱怨，認真把事情做好的她好厲害……真的比其他人更勤奮。

艾爾柏特獨白

不過，她臉色蒼白，不知所措的……我好像害她更著急了。

艾爾柏特

「不用露出那麼愧疚的表情。我不介意等妳。」

艾爾柏特獨白

我太早過來，反而讓她過意不去。

聊點其他話題，轉移她的注意力吧……

艾爾柏特

「那個……還沒中午，妳就做了這麼多藥水嗎？雖然我早有耳聞，妳真的很厲害。」

艾爾柏特　「嗯？平常不會做這麼快？今天特別加快了速度嗎？」

艾爾柏特獨白　難道……她為了空出下午的時間跟我出門，才會比平常更加賣力地工作？

她還是一樣，很懂得為他人著想。

雖然希望她溫柔的這一面只在我面前展現，她肯定辦不到吧。

因為她會平等地溫柔對待每一個人……

那麼……我想想……就這麼辦。

艾爾柏特　「有沒有什麼是我可以幫忙的？」

艾爾柏特　「妳別這麼客氣。妳早點做完工作，我們兩個能相處的時間不就會變多嗎？」

艾爾柏特獨白

啊，這次換成臉紅了。

她的表情真的好多變，挺有趣的。

呵，好可愛的人。

艾爾柏特

「好，那妳來告訴我怎麼做吧。首先要做什麼？」

艾爾柏特獨白

她好像也發現我沒有勉強自己了。

不過附近的研究員好奇的視線讓我有點在意……

艾爾柏特

「唔嗯，只要把做好的藥水放進箱子就行了吧。再把裝箱的藥水搬到那邊……」

艾爾柏特獨白

剛才驚慌失措的態度煙消雲散。

還有……這認真的表情，只有工作時才看得見吧。

是平常沒機會看到的表情。她應該還有許多我沒看過的表情吧。

容器碰撞聲和液體沸騰聲等工作中的音效持續一段時間。

艾爾柏特　「……原來如此，這樣就能提升製作藥水的效率。這是妳自己想到的嗎？」

艾爾柏特　「喔……這樣啊。透過反覆嘗試掌握的訣竅。妳真用功，約翰八成也很驕傲。最後有個珍藏的祕訣？請務必分享給我。」

艾爾柏特　「……幹勁？」

短暫的沉默。

艾爾柏特　「哈哈哈，妳真的很有趣！」

艾爾柏特獨白　她出乎意料的發言，令我忍不住失笑。

唉呀，聽見我的笑聲，其他人瞬間沉默了。有那麼稀奇嗎……
她似乎不怎麼在意，反而在為其他人的反應感到疑惑。

艾爾柏特　「妳真的好優秀。結果妳耗費跟其他研究員一樣的時間，就做出兩倍的藥水。」

艾爾柏特獨白　她搖頭否認說沒那回事，可是她身邊的人一眼即看出她的價值。不如說沒發現才奇怪。
這間研究所內說不定也有一兩個——不對，三四個崇拜她的人……

艾爾柏特　「不必那麼謙虛。這是妳的努力換來的評價。」

艾爾柏特　「不過速度這麼快，妳的身體撐得住嗎？
努力工作的妳很迷人沒錯，但千萬不可以勉強自己。」

艾爾柏特　「好，這樣就達成目標了……嗎？」

艾爾柏特　「比當初設定的目標做了更多的藥水？那真是太好了。」

艾爾柏特獨白　對她而言，認真做事再正常不過，她大概不知道那是多麼可敬的精神吧。
我想讓大家看見她的優點，又有種不希望別人知道的感覺。
不對，現在與其想這些事，更應該稱讚她的工作成果吧。

艾爾柏特　「……辛苦妳了。」

艾爾柏特　「正午鐘剛好響了，是時候出去吃午……嗯？」

艾爾柏特獨白　其他研究員好像也準備午休，總覺得大家都在看我們……
有個人朝她走了過來。
什麼？他們也想吃吃看她昨天吃的三明治？
她做的菜確實是人間美味。真想再吃一次之前剿滅魔物時她煮的湯……嗯？她看起來很困擾。

我懂了，她接下來因為跟我有約，不知道該如何是好吧。

「不用管我沒關係。我懂妳做的菜令人成癮的心情。」

呼……其實我很想趕快帶她出去，可是看到她安心的表情，連我都平靜下來了。

畢竟她無法對有困難的人坐視不管。那副姿態儼然是「聖女」……

等待她從廚房回來的期間，我發著呆思考這些事，她轉眼間就端著裝滿三明治的盤子回來。

動作似乎跟做藥水一樣快。

「咦？這是我的份？可以嗎？」

「謝謝。我不客氣了。」

艾爾柏特　「（咀嚼）好吃！」

艾爾柏特　「幫妳工作的謝禮？
努力工作的人是妳才對。不過……謝謝妳，非常美味。」

艾爾柏特獨白　若能每天都吃到妳做的菜……想必很幸福。
看到那些吃了極品三明治而深受感動的研究員，她面露喜色。雖然想多看看她高興的表情……

艾爾柏特　「好啦，研究員們也滿足了，是時候出發了吧？」

艾爾柏特　「讓我等妳，妳覺得很抱歉？
別放在心上，我並不無聊。平常沒辦法看到妳工作時的模樣，今天有這個機會，我反而很愉快。」

艾爾柏特獨白

艾爾柏特

硬要說的話，有種賺到的感覺……還是先別告訴她好了。

不然她的臉色八成又會變來變去。

「好了，我們走吧。

今天帶妳去我珍藏的景點。我之前就想跟妳一起去了。」

2 野餐意外！

馬嗚聲。

艾爾柏特的馬繫在研究所門口。

艾爾柏特：「好，我們出發吧……怎麼了？」

艾爾柏特獨白：她看起來有點不安的樣子。對了，是因為她還不習慣騎馬嗎？既然如此……

艾爾柏特：「來，抓住我的手。」

艾爾柏特獨白：她還是老樣子，提心吊膽地伸出手。她的手又小又柔軟。

看到那微微泛紅的臉頰，連我都覺得心神不寧。

……噢，糟糕。不小心看呆了。

聖騎上馬的聲音。馬鳴聲。

艾爾柏特

「嘿咻。我們要去有點遠的地方，所以速度會比從王宮回到研究室的時候快……可以嗎？」

艾爾柏特獨白

她點頭表示不介意，看起來卻有點緊張。

手溫偏低，抓住我胸口的力道也比平常更大。

應該是不想讓我擔心吧。

如果能設法讓她安心就好了。

艾爾柏特

「別怕，我會撐住妳。那麼要走嘍……駕！」

馬飛奔而出的聲音。

場景切換，鳥叫聲從四面八方傳來。

緩慢的馬蹄聲。

馬在深邃的森林中慢步前行的感覺。

艾爾柏特　「騎了很長一段路……妳會不會累？」

艾爾柏特　「這樣啊，那就好。」

艾爾柏特獨白　她從剛才開始就一直在東張西望，很好奇的樣子。
噢，瞧她的眼睛亮成那樣……光是待在這麼開心的她旁邊，就會覺得心平氣和，真不可思議……

艾爾柏特　「妳覺得這座森林很美？嗯，很高興妳喜歡。」

鳥叫聲再次傳來。

艾爾柏特

艾爾柏特獨白

艾爾柏特

艾爾柏特獨白

艾爾柏特

「這一帶的森林尚未受到瘴氣的影響。每一株樹木和植物都生氣蓬勃對吧？」

當然她也很有生氣，不輸給這片寧靜的森林。

啊啊，在這麼近的距離看到她燦爛的笑容……會讓我想帶她欣賞更美麗的景色。

「嗯？怎麼了？」

……噢，這種藥草可能可以拿去做藥水嗎？」

這麼說來，她一直在看草叢附近。呵呵，連這種時候都在想工作，真符合她的個性。

「好，目的地快到了，我們下馬用走的吧。走路應該比較方便採集藥草。」

艾爾柏特獨白

啊啊，又開心成那樣……

那天真無邪的表情，令我心跳加速……

不曉得她有沒有察覺到。

馬鳴聲。

兩人下馬的聲音。

艾爾柏特

「要那種藥草吧……沒關係，妳待在這邊就好，我去採。」

走向草叢採藥草的聲音。

艾爾柏特

「好……還有其他想要的藥草再跟我說，別客氣。」

艾爾柏特獨白

呵呵，好有精神的回答。她真的很開心呢。

連我都不禁嘴角上揚……不過，有點羨慕能讓她這麼高興的藥草。

這時傳來草叢激烈晃動的窸窣聲。

艾爾柏特　「！」

艾爾柏特獨白　魔物……？這座森林怎麼可能會有魔物……
啊，她沒事吧……！（有點著急）

艾爾柏特　「躲到我後面！」

踩在地上的聲音。艾爾柏特跑到聖身邊的感覺。

艾爾柏特拔劍的聲音。

馬鳴聲。

窸窸窣窣……草叢的聲音越來越大……

艾爾柏特　「妳退下！我不會讓魔物動妳一根寒毛！」

嘶嘶嘶嘶嘶……！外表形似野豬的動物出現，發出可愛的叫聲。

艾爾柏特　「……什麼啊，是牠啊。」

艾爾柏特獨白　呼，嚇我一跳，原來只是小動物而已。
啊！她的手在胸前握拳。我的反應太激動，嚇到她了嗎……
這麼說來，她還不習慣森林和魔物吧。
纖細的身體在發抖……怎麼樣才能讓她稍微放下心來？

衣物摩擦聲。艾爾柏特抱緊聖的感覺。

艾爾柏特獨白　我在情急之下抱住她……她的心跳聲離我好近。
她的手和肩膀不再發抖，心臟卻在劇烈跳動。還沒冷靜下來嗎？

艾爾柏特　「……沒事，沒事的。不用怕。雖然牠看起來有點可怕，其實是很溫馴的動物。」

「對不起，嚇到妳了。」

「嗯？可愛？咦，妳不是在害怕嗎？」

仔細一看，她的臉好紅。

她將目光從我身上移開且尷尬地說，但看著野獸的眼睛跟剛才尋找藥草時一樣明亮。

「很像妳以前生活國家的『小野豬』？『野豬』的小孩？」

老實說，她講的話我一半都沒聽懂，不過她沒嚇到就好。

但她急忙放開我的手臂，我有點遺憾。

野豬的叫聲再次傳來。

艾爾柏特　「呵呵。妳看，牠似乎在跟妳撒嬌。摸這裡牠會很高興。」

野豬高興的叫聲。

艾爾柏特獨白　她馬上對牠伸出手。
真是的……就算這種動物再怎麼像那個「小野豬」，竟然毫不猶豫就摸了，她的勇氣及好奇心真令人敬佩。

艾爾柏特　「害我那麼緊張，妳很抱歉？沒關係。」

艾爾柏特獨白　竟然在這種時候還顧慮到我的心情……
好想再緊緊擁抱她一次，可是這樣八成又會嚇到她，還是牽住她的手就好吧。

艾爾柏特　「好了，目的地就快到了，我們走吧。」

牽著韁繩移動。

穿越森林的窸窣聲。

風勢增強。

艾爾柏特
「嚇到了嗎？穿過這座森林後是一塊高地，能把王都盡收眼底。從這裡看見的景色，美到讓人說不出話。」

艾爾柏特獨白
喔，她一下驚訝，一下笑出來……表情變來變去還真忙。
話雖如此，她的笑容看起來比平時更加耀眼，手回握我的力道也傳達出她的興奮。

艾爾柏特
「對了，風很強，靠太旁邊的話會有危險。小心腳下，別放開我的手。」

風的呼嘯聲。

艾爾柏特　「沒錯，那裡就是王宮。不遠處的那個地方是研究所。那塊小房子密集的區域，是我們之前一起去過的街道。
我的故鄉在那個方向，離王都很遠就是了。」

艾爾柏特　「咦？總有一天想看看我的故鄉？……是啊，改日我一定會找機會帶妳去。」

艾爾柏特獨白　……我誠心希望能正式招待妳到那裡做客。

艾爾柏特　「太好了，妳很高興的樣子。我就是想帶妳看看這邊的景色。
想讓妳更了解、更喜歡這個國家。」

艾爾柏特　「……不，該道謝的是我才對。謝謝妳今天跟我一起來。」

風再次呼嘯而過。

艾爾柏特獨白

艾爾柏特

逐漸西沉的夕陽，照得她的黑髮散發美麗的光澤。真想一直欣賞這幅美景……

「風這麼大，妳會不會冷？再看一下就趁天黑前回去吧。

……咦？我當然會繼續陪在妳身邊。畢竟今天一整天，我都不想放開這隻手。」

3

要當送女性回家的惡狼……嗎？

抵達街上，人潮熙熙攘攘的喧囂聲。

艾爾柏特：「有家我推薦的餐廳，去那裡吃飯行嗎？」

艾爾柏特獨白：她點了點頭，看起來卻有點沒精神。或許是剛才的騷動和出了一趟遠門，累到她了。幸好我選了家可以好好休息的店……

打開店門的聲音。

進入店內，便傳來熱鬧的人聲。

是間有點高級的店，氣氛類似酒館，不會過於熱鬧。

艾爾柏特　「我是有訂位的霍克……」

艾爾柏特獨白　店員對我投以意味深長的視線。
有什麼問題嗎？我確實是第一次帶女性過來……
她也左顧右盼、坐立不安的樣子。或許是不太習慣這種店。

艾爾柏特　「我們的座位是包廂，放輕鬆就好。」

包廂的門打開並關上的聲音。

艾爾柏特獨白　或許是坐到位子上恢復平靜了，她終於露出笑容。

艾爾柏特　「這裡的主廚推薦套餐很美味，希望符合妳胃口。」

艾爾柏特　「要喝點什麼嗎？」

艾爾柏特　「噢，這邊是酒類。也有當季的水果酒。」

艾爾柏特獨白　她還會喝酒啊？真想不到。又多知道她新的一面了。
如果能跟她一起生活，是否能更加了解她呢……

艾爾柏特　「那麼，請給她一杯草莓水果酒。我則要這個葡萄酒。」

艾爾柏特　「那麼，為今天這美好的日子乾杯。」

玻璃杯的碰撞聲。

餐具的碰撞聲。

艾爾柏特　「原來如此，妳的國家也有這種套餐嗎？我很感興趣。」

艾爾柏特　「可是太貴了，所以妳沒吃過？
哈哈哈，那今天就是妳第一次吃嘍？還真是榮幸。」

艾爾柏特 艾爾柏特獨白 艾爾柏特 艾爾柏特獨白 艾爾柏特

「咦？想知道這道肉用了什麼香料？」

她連私人時間都這麼用功。

餐點一道接著一道送上桌，看她吃得津津有味，我鬆了口氣。

「草莓酒也跟果汁一樣，喝起來很順口？這樣啊，妳似乎很喜歡，真是太好了。」

看到她臉頰微微泛紅、笑容滿面地點頭，我心裡也湧起一股暖流。跟她聊天，時間總是過得特別快。我不禁心想……真希望時間能過得慢一點。

我從未有過這種感覺……

「飯後甜點好像來了。」

艾爾柏特獨白　服務生端來使用大量當季草莓製作的草莓塔，她立刻眼睛一亮。
呵呵，她似乎也很滿意甜點。不過，她從剛才就拿不穩東西……
……這麼說來，她現在喝的水果酒，已經是第四杯了。

艾爾柏特　「……妳該不會醉了吧？」

艾爾柏特獨白　糟糕。就算喝起來很順口，我未免讓她喝太多了……
可是紅著臉且眼神迷離的她，跟平常精明幹練的形象有所差異，也挺可愛的。
……之後得提醒她不可以在其他人面前喝酒。

艾爾柏特　「塔上的草莓快掉下來嘍。」

艾爾柏特獨白　我開口提醒她，她卻還在發呆……沒辦法。

艾爾柏特　「給妳。」

艾爾柏特獨白　我反射性地拿叉子刺向快要掉下來的草莓。
她疑惑地張開嘴巴，宛如等待餵食的小鳥。

艾爾柏特　「來，嘴巴張開──」

艾爾柏特　我懷著開玩笑的心態，把草莓遞到她面前。

艾爾柏特獨白　咦……（艾爾柏特驚慌失措）
她喜孜孜地張嘴看著我。
太、太犯規了吧。
她喝醉了，她喝醉了……

艾爾柏特獨白　看到她一口咬住草莓咀嚼的模樣，害羞的反而是我。
真是的……真服了她。
千萬不准在其他人面前喝酒！之後也得跟約翰說一下……

艾爾柏特　「啊……」

艾爾柏特　「睡著了嗎？」

艾爾柏特獨白　也是，今天她一早就在忙，在森林也遇到一些事，還喝了四杯水果酒，想睡覺很正常。
她的頭髮垂落在淡粉色的臉頰上……
連平穩的呼吸聲……都惹人憐愛。

艾爾柏特　「妳真的……」

艾爾柏特　「不，這句話應該在妳清醒的時候說吧。」

艾爾柏特　「……今天辛苦妳了。」

隔了一陣子，傳來噠噠的馬蹄聲。

艾爾柏特　「噢，妳醒啦？」

艾爾柏特　「別、別亂動！
妳睡著了，所以我想在不吵醒妳的情況下送妳回研究所。」

艾爾柏特獨白　一醒來就騎在馬上，嚇到她了嗎？

艾爾柏特　「嗯，這次怎麼了？」

艾爾柏特獨白　她突然抓住韁繩，嘴巴一開一合。

艾爾柏特　「咦？喝酒不可以騎馬？」

艾爾柏特　「……哈哈哈，妳放心。我根本沒喝多少。」

艾爾柏特獨白

被我抱在懷裡，醒來時最先想到的竟然是這個……看來我還有很長一段路要走。

艾爾柏特

「不過，我可能因為妳的笑容而醉了。」

艾爾柏特獨白

啊，這次她紅著臉僵住了。

她好像終於發現自己被我抱在懷裡。

我很清楚她不習慣這種臺詞。

然而我依舊克制不住，或許我也有點醉了。

艾爾柏特

「研究所到嘍。好，慢慢下來吧。」

艾爾柏特獨白

她從馬上下來，急忙跟我鞠躬，臉還是紅得跟番茄一樣。

彷彿會直接跑掉。

艾爾柏特	「等等。」
艾爾柏特獨白	我下意識抓住想要逃走的她的手。 呃，我該說什麼好呢？
艾爾柏特	「今天謝謝妳。我過得很愉快。」
艾爾柏特獨白	或許是因為手被我抓住，放棄逃跑了，她變得很安分。
艾爾柏特	「這樣啊，妳玩得高興的話，我也很高興。」
艾爾柏特	「對了，我還可以再約妳出來嗎？」
艾爾柏特獨白	她滿臉通紅，經過片刻的猶豫後點了點頭。 她看著我的視線既率直又純真……十分美麗。

艾爾柏特　「啾。」（親吻額頭的聲音）

艾爾柏特獨白　啊，不小心親了她的額頭。

艾爾柏特　「哇！」

艾爾柏特獨白　她甩開我的手，如脫兔一般拔腿就逃，一瞬間就跑遠了。

艾爾柏特　「有點……做得太過頭了嗎？」

艾爾柏特獨白　可是我不受控制地露出笑容。

今天真是美好的一天。

連夜空中的繁星，看起來都比平常更加耀眼。

但願對她來說也是如此。

艾爾柏特　「晚安，祝妳有個好夢。」

※本情境式廣播劇的腳本是虛構的。遭遇野生動物時很危險，請勿接近或觸摸。另外，飲酒騎馬也很危險，請勿模仿。

後記

大家好，我是橘由華。

這次非常感謝各位翻閱《聖女魔力無所不能》第九集。

託各位的福，第九集也在諸般努力中成功出版了。這都要多虧平時一直給予支持的各位讀者，謝謝大家。基於各種原因，我覺得這次是至今以來情況最不妙的一集。不知道是不是因為上一集我才寫過自己的狀況不錯，真不該因為進度快了一點就得意忘形，需要反省。我會繃緊神經的。

角川BOOKS的W責編，這次也感謝您陪我商量各種問題。託您的福，總算順利出版了。與本書相關的其他人士也是，真的很感謝大家。

那麼，大家還喜歡第九集嗎？從這裡開始會透露一些劇情，因此還沒看過正篇故事的讀者可以先看完再回來。

第九集的舞臺從斯蘭塔尼亞王國移到迦德拉，所以有很多資料要調查。我最先著手的是食物，聖小姐愛吃的這部分，根本反映了作者的喜好。不好意思。可是藥膳料理好好吃。

本集中登場的米飯料理——中式鹹粥和粽子，對我來說充滿回憶。

我第一次吃到中式鹹粥，是去中國時飯店提供的早餐，好吃到了極點。由於實在太好吃，住在那間飯店的期間，早餐我一直都是吃鹹粥。粥裡面加了雞肉和皮蛋，那是我第一次吃皮蛋呢。拜其所賜，我在那之後就不怕吃皮蛋了。

中式粽則是小時候母親包給我吃過那麼幾次。我記得粽子裡加了糯米和雞肉，好像還有加其他東西。由於我們是在自己家包的，外面不是用竹葉，而是用鋁箔紙包起來蒸，蒸的容器也是不銹鋼鍋。母親很少包粽子，但粽子也非常美味，是我喜歡的料理之一。如今回想起來，搞不好是因為太費工了，她才不常做。我自己大概也不會去做（笑）。

關於建築物，我去看了在博物館舉辦的主題展覽。中國的紫禁城在假想空間中重現，我深深感受到，以前的皇帝權力真的好大。我的詞彙量不夠，沒辦法描述得很好，總之我看到用竹子製作的纖細門窗上貼著金箔閃閃發光，牆上畫著罕見的鳥類和美麗的花朵，天花板上有細緻的圖案，明明是室內卻跟涼亭一樣，連舞臺都有。記得舞臺的屋頂也有貼金箔。那是基於興趣建造的宮殿，所以我不知道有什麼意義，不愧是人稱室內裝置藝術最高峰的建築物。聽說真正的宮殿也整修完畢了，現在已經對外公開，可惜因為疫情的關係，我沒辦法親自前往。雖然趕不上第九集的發售日，身為一個喜歡旅行的人，總有一天想去看看。

第九集依然由珠梨やすゆき老師負責插畫，感謝您這次也繪製了非常棒的插畫。是因為

上一集我被嘴巴彎彎的聖小姐萌到嗎？第九集跟第八集一樣，彩頁也有嘴巴彎彎的聖小姐。真的太棒了，一點都不誇張，不愧是珠梨老師。而且特裝版附的壓克力立牌那張圖——！那是用來慶祝聖小姐訂婚畫的，簡直尊貴到不行……這次也謝謝您繪製如此美麗的插圖！

然後，第九集除了一般版之外，還出了特裝版（註：本文提及的內容皆為日本當地的發售資訊）！特裝版附了珠梨老師新繪的壓克力立牌。剛才我不小心先破哏了，總之為了慶祝聖小姐和團長訂婚，兩人都穿著跟平常不同的服裝。聖小姐有多可愛自不用說，團長也充滿王子風範。他的本職是騎士團長，壓克力立牌的他則轉職成了王子。有興趣的讀者，請務必買來欣賞。

漫畫版也同樣進展得很順利。給予支持的各位自不用說，我也非常感謝藤小豆老師及其他相關人員，謝謝大家一直以來的關照。去年十二月出了第八集，克勞斯納領篇終於告一段落，能走到這麼遠都是託大家的福。非常令人感激的是，漫畫版好像還會繼續出下去，敬請繼續享受藤老師筆下的聖女世界。

託各位的福，外傳漫畫《聖女魔力無所不能～另一位聖女～（暫譯）》也在去年九月出了第三集。這部作品同樣受到許多讀者的喜愛，跟漫畫版一樣，十分感謝大家和亞尾あぐ老師等相關工作人員。謝謝大家一直以來的關照。第三集師團長有很多戲分，不過值得一提的應該是小師團長吧。沒錯，幼年時期的師團長會登場。由於這件事很重要（下略），超可愛的……有興趣的人請一定要去看。

絕讚好評熱銷中的漫畫版和外傳漫畫，目前在網路漫畫刊登網站ComicWalker、Pixiv Comic和NicoNico靜畫等平臺連載中。部分內容可供免費閱覽，有興趣的人請務必去看看。

那麼，第九集出版時，動畫第二季的開播時期應該也公布了吧？詳細情報會在動畫官方網站和官方推特隨時公布，有興趣的讀者請務必關注。情報公開後，我也會在「成為小說家吧」的活動報告及推特通知大家。

最後，感謝大家一路閱讀到這裡。希望近期內還能與各位再會。

國家圖書館出版品預行編目資料

聖女魔力無所不能 / 橘由華作 ; Runoka 譯 . -- 初版 .
-- 臺北市 : 臺灣角川股份有限公司 , 2023.09-
冊 ;　公分 . -- (Kadokawa fantastic novels)
譯自 : 聖女の魔力は万能です
ISBN 978-626-352-899-4(第 9 冊 : 平裝)

861.57　　112011240

Kadokawa
Fantastic
Novels

聖女魔力無所不能 9

（原著名：聖女の魔力は万能です 9）

2023年9月25日 初版第1刷發行

作者：橘由華
插畫：珠梨やすゆき
譯者：Runoka

發行人：岩崎剛人
總編輯：蔡佩芬
編輯：彭曉凡
美術設計：李思穎
印務：李明修（主任）、張加恩（主任）、張凱棋

發行所：台灣角川股份有限公司
地址：104台北市中山區松江路223號3樓
電話：（02）2515-3000
傳真：（02）2515-0033
網址：www.kadokawa.com.tw
劃撥帳戶：台灣角川股份有限公司
劃撥帳號：19487412
法律顧問：有澤法律事務所
製版：尚騰印刷事業有限公司
ISBN：978-626-352-899-4

SEIJO NO MARYOKU WA BANNOU DESU Vol.9

First published in Japan in 2023 by KADOKAWA CORPORATION, Tokyo.
Complex Chinese translation rights arranged with KADOKAWA CORPORATION, Tokyo.